王凯

著

绿沙漠

Life in the
Desert for Soldiers

人民文学出版社

图书在版编目（CIP）数据

绿沙漠/王凯著.—北京：人民文学出版社，2024.—ISBN 978-7-02-018734-8

Ⅰ.Ⅰ247.7

中国国家版本馆CIP数据核字第2024GE0469号

责任编辑　付如初　马林霄萝
装帧设计　李思安
责任印制　张　娜

出版发行　人民文学出版社
社　　址　北京市朝内大街166号
邮政编码　100705

印　　刷　北京盛通印刷股份有限公司
经　　销　全国新华书店等

字　　数　116千字
开　　本　787毫米×1092毫米　1/32
印　　张　7.375　插页3
版　　次　2024年7月北京第1版
印　　次　2024年7月第1次印刷

书　　号　978-7-02-018734-8
定　　价　38.00元

如有印装质量问题，请与本社图书销售中心调换。电话：010-65233595

目　录

沙漠里的叶绿素　　　　　　001

途中　　　　　　　　　　　074
　酒泉　　　　　　　　　　074
　张掖　　　　　　　　　　089
　西宁　　　　　　　　　　106

星光　　　　　　　　　　　124

沙漠里的叶绿素

1

有一年冬天,一个朔风凛冽的星期五,我等着彭小伟和何勇来给我过生日。军校毕业时,我们三个被分到了驻在沙漠的空军基地。一想到为什么来这儿的是自己而不是别人,就忍不住怀疑我们上辈子很可能干过什么伤天害理的事,祖坟上黑烟滚滚。坐在穿越沙漠的军列上,我们商量着到了以后有空就聚,一起喝个小酒聊个小天什么的,毕竟一到沙漠,我们就成了最亲近的人,必须抱团取暖把酒临风。报到以后才发现情况比我们预想的更糟。基地隶属的几个团站散布在沙漠腹地,团站之间距离都不近。我被分在基地司令部直属雷达站当技术员,算是不幸中的万幸。何勇稍次,去了离基地机关二十七公里的C站指挥连当排长。最惨的是彭小伟,报到当天下午就被扔上砖车——真是一台装满了红砖的解放141卡车——大厢,直接拉到七十公里外的E站雷达探测队去了。报到当晚,彭小伟给我打电话,听上去像坐在菜窖里,声音嗡嗡嘤嘤。我问他是不是哭了?他不吱声。

不知何处吹芦管,一夜征人尽望乡。我说,哭哭也没啥,特别是你。

你他妈才哭呢。彭小伟解释说,他一到雷测队就开始流鼻血,去水龙头下面冲了半天也止不住,简直比麦青青来例假的量还大。现在他两个鼻孔塞着卫生纸,高举双手仰面朝天,正用下巴夹着电话跟我交谈。我不信,还是认定他在哭,要么就是刚哭过。学员分配命令宣布那天晚上,我俩在学校门口的小面馆喝酒时他就哭了,中间还冒过好几个晶莹剔透的鼻涕泡。那时我们对沙漠缺乏感性认识,脑海里只有大漠孤烟长河落日这类抽象的画面和地图上那一片均匀分布的小点。来了才明白,地图上任何一个小点代表的沙子都能把整个基地掩埋,即使是一只剽悍的骆驼也很难从其中一点走到另一点。至于王维诗里写的孤烟是什么烟,长河又是什么河,我至今弄不明白。爬到572雷达天线车顶远眺,基地发电站那两座双曲线烟囱排放的白烟正在被风扯碎,而不远处的弱水只剩浅而干涸的河床。

第二天早上洗脸时鼻尖发痒，低头一看，鲜血正啪嗒嗒滴入盆中，果真是花落水流红，闲愁万种，无语怨东风。很快我学会洗漱时先接盆水，把整个脸浸在水里，浸润干裂的皮肤和毛细血管。身体适应性不断提高，心理预期却随之走低，先前说好没事就聚的想法现在看来跟他妈下半年就涨工资一样是痴人说梦。我们不得不调整计划，说好不管谁过生日大家都要聚，时间就定在生日那一周的周六，这样好请假。

在沙漠过生日，没人在乎什么蛋糕。在乎也没用，基地生活服务区的面包房还没开展这个服务项目。好在对我们来说，有酒就行。酒对沙漠的重要性不输于水。没水我们活不了，没酒我们不如死了算了。第一个是何勇，他三月份生日。三月的沙漠天寒地冻，呵气成雾撒尿成冰，于是我们喝白的。在服务区的湘菜馆，三个人干掉四瓶"汉武御"。听上去非常豪放，但考虑到每一杯酒都注入了大量发自肺腑的车轱辘话，酒精度其实远没有想象中那么高。店里其他客人陆续走完，老板开始关灯，最后只剩下我们头顶上一个十五瓦的灯泡还亮着。老板我认识，原来是基地机关干部灶的炊事班长，复员以后又带着老婆来这里开店。他做的红烧肉名震大漠，很多人说他偷偷在里面放了罂粟壳，对此他向来不置可否。靠这门绝技，他顺利转了志愿兵，还险些提干，可惜新来的基地司令员甘油三酯居高不下，他很快被一个擅长做清水羊肋排的二级士官取代，只好抱恨退役。他劝我们少喝点，彭小伟却厉声喝问他一个河北人凭什么敢开湘菜馆，这下老板给问住了，赔着笑替我们拎来一壶开水，然后低声拜托我，离开时一定别忘了帮他把大门锁上。

事实证明老板的担心是多余的。次日清晨他来店里，我们三个还没走。我膝盖顶着下巴窝在墙角的单人沙发里，何勇四仰八叉睡在两张拼在一起的方桌上，桌边地上是彭小伟，他像张掖大佛寺的大卧佛一样侧躺在一摊恶心的呕吐物上酣睡。我们都想不起谁把两张桌子拼起以及谁吐了一地，不过彭小伟坚信肯定是何勇把他挤下去的。

那以后将近半年，一闻到白酒味儿我就忍不住干呕。八月底彭小伟过生日，我们改喝啤的。一个没在沙漠度过八月的人不会理解基地四处铺设的为何都是水泥路。假如是沥青路，八月的路上必将粘满基地广大官兵，然后一个个被烈日晒化。之前何勇的生日令彭小伟回味良久，多次强调这个3P计划好，一定要坚持不懈认真落实，经常抓、抓经常，反复抓、抓反复,形成长效机制,谁要缺席就他妈一辈子过不上性生活。

最好把女朋友也一起带上。生日临近时彭小伟又补充说,这样才热闹。

那阵子麦青青刚从西安交大毕业,正张罗着出国留学,说好要在走之前来基地看彭小伟。这小子明知道毕业前我已经跟柳依依掰了,还来给我上眼药,让我从今又添一段新愁。话说回来,柳依依素质也一般,把我给她的照片和情书装在一只大号信封里寄回来,事先也不说一声,手段极其恶劣。我不得不拉上彭小伟,跑去商场硬着头皮哀求售货员,让她把那条没来得及寄走的连衣裙退了。售货员说促销的服装只能换不能退,彭小伟掏出学员证亮明我们军校大学生的身份人家也不理。拿着裙子回到队里,我给柳依依写了封信,问她为啥不把我送她的理光牌傻瓜相机还我,那相机花了我半年的津贴,我还要用它给新女友照相呢。我倒要看看她怎么说,可直到毕业也没等到回音。

好啊!我说,等麦青青来了,咱们就4P。

这下彭小伟才不得不闭嘴。过生日那天,麦青青还真来了。我跟彭小伟关系很铁,可客观评价,他还真配不上麦青青。她长得前突后撅腿子长,性格开朗谈吐大方。我叫她到国外帮我买本传说中荒木经惟的画册,她满口答应,让我对她印象更好。反观彭小伟,费了二十多年的劲,身高也没突破一米七,叫他请个客从来都说没钱。为给彭小伟撑面子,我安排了几个兵去基地苗圃旁边的空地扎了个凉棚;考虑到彭小伟跟麦青青有可能酒后乱性,还专门在地上铺了崭新的军用细帆布。蛋糕依然没处买,何勇就找炊事员蒸了个发面大饼,上面插了二又五分之二根蜡烛,表示彭小伟过的是二十四岁生日。美中不足的是找不到红蜡烛,何勇只好拿停电时连队发的白蜡烛充数。不过只要是一个心地善良的人,就不可能联想到与清明节有关的一切。

除了半道一阵劲风吹倒凉棚,一根撑凉棚的钢管把彭小伟脑袋砸了个口子缝了两针之外,那次生日庆祝活动总体圆满顺利。麦青青在,我和何勇都没往死里灌彭小伟,倒是麦青青挺主动,喝得两颊飞红,还对我们说了两句语调硬邦邦的话,我听着很像胶东方言,问她啥意思,麦青青说这是德语,意思是"年轻的军官们,你们太可爱了!"那时候我只恨自己不懂德语,不然也会告诉麦青青她真是太性感了。那段时间我特别羡慕彭小伟,哪怕麦青青此去经年应是良辰好景虚设,他也仍是沙漠一带最幸福的人。

轮到我生日时，周五气温降到零下二十一度，傍晚开始落雪。睡一觉起来揭开窗帘一瞅，白茫茫一片，雪还没停。我想让他俩别来了，总机说线路故障，电话无法接转。那时基地强调保密安全，没开通移动通信服务。我扯着窗帘看了会儿雪景，很想抒发点什么，又他妈抒不出来，只得钻回被窝。躺下没五分钟，有人开始捶门。

陈宇，陈宇！快开门啊陈宇！

拉开门，彭小伟带着一股寒气冲进来，直扑窗根下的暖气。见他脸冻得发青，话都说不利索，我赶紧倒了杯热水递去，他那双泡椒凤爪似的手却怎么也握不住杯子。我赶紧趴到地上找出床底下喝剩的半瓶二锅头，往他嘴里猛灌几口，又帮他脱掉大头鞋扶上床。

早知道我昨晚就打电话叫你别来了。我说，坐车过来怎么还冻成这个屌样？

你打也没用，我他妈昨晚就出发了。彭小伟在被子里抖了半天，脸色总算泛出点红晕。按惯例，周五傍晚各团站都会发班车，送家在基地机关家属院的干部回来过周末。彭小伟坐的就是这个车。谁知道走了二十来公里，大灯突然烧了，雪下得又大，司机不敢再往前开，只得掉头回去。彭小伟在半道下了车,想着路上能搭个便车,结果连个拖拉机也没遇上,只好背着带给我的一挎包腊肠,在漫天飞雪中走了整整一夜。彭小伟一个劲儿强调他也没想到会遇不上车,我还是感动坏了。要换成我,绝不可能在这样一个雪夜独自跋涉几十公里去给一个同学过生日,这同学还他妈是个男的。当然也不好说得那么绝对,要是林静过生日,我也许会考虑一下这么做的可行性,问题是林静她们卫生队离我才不到五百米,就是爬着去也用不了多久。我自感挺不是东西,唯有请彭小伟痛饮一番才能弥补我的愧疚之情。

何勇还没来呢,等他一下。彭小伟说,电话还不通吗?

正说着,电话响了。

我给你打了一早上电话,总机说线路断了,这会儿才恢复。何勇说,今天站里不让出车,我实在去不了,你别生我气啊。

怎么会。我说,我本来就想叫你别来了,结果打不通。

我再给彭小伟打一个,看看他那边电话通了没。何勇说,祝你万寿无疆!

我回祝他永远健康,又告诉他不用打了,彭小伟就在我这儿。话没说完,彭小伟一把抢过电话,何勇你个狗日的什么意思,我他妈七十公里都来了,你才多远?你赶紧给我滚过来!

我真去不了啊哥哥,雪天所有车辆都不让动。我听见何勇说,你总不能让我走着去吧。

走着去咋了,老子就是走着来的!就知道你小子不是个东西,虚情假意人面兽心!你他妈爱来不来,不来就去死吧你!彭小伟勃然大怒,啪地摔了电话。

陈宇,彭小伟咋回事啊,发那么大火?何勇又拨过来,很委屈地解释,我不是不想去,我是真去不了。你给彭小伟说说,这次算我错了还不行吗?

那天我请彭小伟去生活区涮肉。他很爱吃这里的羊肉。不过这次他没什么胃口,一共没吃几口,酒喝了几小杯就不喝了,脸色看着很不好。我以为他是冻得还没化开,摸摸他的额头,没发烧。问他怎么了,他说没怎么,可能是没休息好。回去的路上,他突然跑到路边,扶着一棵树哇哇吐起来,雪地上被他吐出一个黑色的大窟窿。

没事吧你?我拍着他的后背,今天没喝多少呀。

彭小伟双手撑着膝盖喘了一阵粗气,起身抹抹嘴。酒后吐过的人会憋得满眼泪花,这我有体会,可吐得双泪长流我还是平生所仅见。

我×！彭小伟抹了把泪说，我现在混得跟你一样了。

2

吐哭之后，彭小伟很长时间没和我联系。那会儿我刚在《解放军文艺》最后一页的《读者之窗》栏目发表了一篇千字小散文，恰好被基地政治部主任看到，认为我是个人才，很快把我调到宣传科当了新闻干事。军队最讲资历，干部刚到机关和新兵刚下连队一样，总会被老家伙想着法子考验，天天早起拖地打水，晚上加班干活，中午想睡会儿也不成，还得去整理资料。在这么苦难的岁月里，我也没忘了打电话安慰彭小伟。前两次他还接，再后来就总不在。我怀疑他是故意不接我电话。一个四处炫富的财主突然破产大概就是这种感觉——他不好意思见我。最早他跟我说麦青青要出国，我就有种不祥的预感。我说你干吗让她出国，这么大个国家还搁不住她一个麦青青？彭小伟却说我心胸狭窄，不懂得爱一个人就要给她自由的道理。我提醒他，德国可曾是希特勒混过的地方，法西斯主义肆虐过的重灾区，指不定哪儿藏着纳粹余孽，又是老牌帝国主义，生活环境怎么也得比巴丹吉林沙漠强些，据说"二战"时美国大兵进入德国乡村，当地农民都楼上楼下电灯电话，抽水马桶早已普及。更可怕的是那里遍布身强力壮金枪不倒的白种猛男，麦青青去了绝对凶多吉少。

你真是好兄弟。不过你放心，我们早说好了，她读完研究生就回来跟我结婚。彭小伟感动地拍拍我的肩膀，你可能理解不了我们的爱情，不过还是谢谢你，真的。

我犹豫了两天，忍不住把这事告诉了何勇。

别说她出国，就是没出，早晚也得完蛋。光看模样他俩都配不上套，何况走的根本不是一条道。何勇说，其实我也想劝劝他，可惜我不像你，不太好说。

何勇说得倒也实在。军校时我和彭小伟睡了四年上下铺，但跟何勇交往不多，事实上有一段时间关系还挺紧张。大三时彭小伟跟麦青青还没好上，他喜欢的是隔壁四队一个女生。想套近乎又找不到机会，偶然听说何勇跟她是一个县的老乡，就托何勇帮忙引见。何勇只说跟那女生不熟，架不住彭小伟死缠烂打，又改口说人家已经跟研究生大队一个小子谈上了。彭小伟为此郁闷了至少两个礼拜。隔了些日子，我和彭小伟周末去西安市里逛，一不小心在骡马市看见何勇和那女生正手拉手在买衣服。

何勇这么做也没啥不对。我劝彭小伟，人家凭啥把自己喜欢的姑娘介绍给你，他脑子又没病。

他应该说实话啊！彭小伟十分气愤，说实话不就没事了？干吗骗我！

就为这事，直到毕业彭小伟都不怎么搭理何勇。即使何勇早就跟那女生掰了，他还是不理人家。给何勇过生日那次，他俩才算是冰释前嫌。当时我们还逼问何勇大四的时候是不是又谈了一个，不然为什么一到周末就请假外出，还经常在楼门口打磁卡电话，一手紧捂话筒小声说话，两只贼眼四处乱瞟。何勇被问得无处躲藏，宁可一头扎进青菜蛋花汤里也不肯给我们交出一份满意的答卷。

何勇也看到了我的文章，打来电话把我一顿猛夸，说我写的是精品力作，他已经把那期杂志珍藏起来，没事就拿出来反复研读，好些句子他都能背下来。我说我总共也没写几句。他说我谦虚，又说在军校时就知道我有才，到现在他还记着学校运动会上我给他写的广播稿，要没我那篇稿子的鼓舞，他也得不了手榴弹投远冠军。我知道何勇是客气。他这人一向讲究，上次没来给我过生日其实根本不叫个事，他却硬是找了个周末跑来请我吃了一次饭，搞得我还挺过意不去。

何勇的夸赞让我很受用，然而心底里更希望彭小伟也能夸奖一下我的文章。军校时他总说我写的诗是个屁，更别提什么运动会广播稿了。他要说好，那估计还真不错。问题是彭小伟仍不主动和我联系，好像把他甩掉的不是麦青青而是我。元旦那天，我在办公室加班，科长突然打电话让我赶紧下楼，口气很急迫。我不知道出了什么事，帽子也没顾上戴，飞跑下楼一看，科长正站在一台丰田面包车旁边喊我。跑过去才发现车上还坐着政治部副主任和保卫科科长。

领导们不说话，我也不敢问，直到车拐上了去E站的军用公路，保卫科长才扭过头问我。小陈，E站雷测队的彭小伟是你同学，没错吧？

没错。

你们关系怎么样？

挺好的。我说，我们睡了四年上下铺，又一起分过来。

那太好了。保卫科长说，是这样，你这个同学彭小伟估计是遇上了什么事情想不开，一大早爬到队里的水塔顶上不下来。队长教导员拿他没办法，站长政委去了他也不理。刚才我去干部科问了一下，说你跟他是同校同队又一起分来的，所以需要你去帮我们做做工作。

还有 C 站指挥连的何勇，一起分来的同学就我们三个。我说，何勇也去是吧？

他就不去了。我刚问过这个何勇，他说整个学员队就数你俩关系最好，他不行。他跟彭小伟上学期间关系比较差，有一次还差点打架。

何勇这话让我很恼火。那次彭小伟被耍了之后是指着他的鼻子骂过，但他绝对不会跟何勇打架。何勇身高一米八体重七十五公斤，手榴弹随便一甩就是六十米开外。彭小伟足足矮他半头，长得像是摞在一起的几盒方便面，连我一脚都能把他踢散架。这一点上彭小伟很明智，他知道以劣胜优是不科学的。听了科长的话，我只能默默地在心里把何勇的列祖列宗换个骂了一遍。

你今天唯一的任务，就是把这小子给我从水塔上弄下来。保卫科长停了停说，如果我们到的时候他还在上面的话。

有你这么说话的吗？副主任不高兴了，他要不在上面麻烦就大了！一个干部跳水塔，传出去基地的脸还要不要了？

是是是，你看我这乌鸦嘴。保卫科长赶紧拍一下自己的脸，掌嘴掌嘴。

小陈，你知道你这同学有什么想不通的吗？副主任问。

应该也没啥吧。我犹豫一下，也就是他女朋友出国留学以后跟他分手了。

你看，我一猜就是这种事！副主任一拍座椅扶手，又指着我们科长，你现在可是个科长了，当干事的时候你老婆要闹离婚，你老给我说你想跳楼，记得不？

我那就是随便一说。我们科长冷不防被说到丢人事，脸顿时通红，那年头，咱还年轻么不是。

我看你现在过得挺滋润，这就好。副主任可能也意识到当我面说这些不大合适，马上回到正题，大骂雷测队的教导员纯粹是吃干饭的，这点情况都搞不清楚。

这种工作姿态怎么增强思想工作的针对性有效性？小陈，你赶紧想想，一会见了他该怎么说。副主任严肃地看着我，一定要好好想，首先稳定住他的情绪，然后再想办法把他劝下来。这事有难度，但我们只许成功不许失败！

接下来，他们开始热烈讨论如何引导基层官兵树立正确的婚恋观。领导的事我多少知道一点。副主任家属在基地服务社上班，隔着柜台让她拿东西不能说牌子，而是得告诉她是什么颜色的包装，因为她不识字。保卫科长倒是经常陪着家属在院里散步，可背地里一直对她生不出孩子耿耿于怀。

我们科长家属虽然同意放弃工作随了军，可胸中块垒难消，经常在晚上加班时打电话跟科长吵架，指责他毁了自己的事业和人生。鉴于此，我不认为他们能讨论出什么名堂，于是看着窗外假装思考。按说以我俩马克思和恩格斯一般的友谊，彭小伟爬上水塔，我的心也应该随之高悬，奇怪的是我竟然毫不担心他的死活，这可能跟我比较了解他有关。在军校跑四百米障碍，每次上了水平扶梯他都不肯下来，非得军体教员把能想到的脏话都骂一遍才行。透过茶色车窗，我仿佛看见彭小伟正站在高高的水塔顶上遥望茫茫沙海，嘴里呼唤着麦青青的名字，痛感爱情跟他妈水草一样无法在沙漠生长。顶多也就这样了。

跟怎么把彭小伟从水塔上弄下来相比，我更关心怎么把林静搞到手。林静的出现简直就是天意。我去宣传科不早不晚，正好赶上老兵复员。老兵复员也正常，科长偏安排我每天中午和晚上组织半个小时的广播，而这事以前从来没搞过。广播也没什么奇怪，有意思的是他让我联系卫生队的林护士来播音，说她是个业余文艺骨干，能歌善舞字正腔圆。第一眼见到林静，我就被她的大眼睛和厚嘴唇迷住了。我们相敬如宾，她叫我陈干事，我叫她林护士。我举止彬彬有礼，内心蠢蠢欲动。老兵复员前一个星期，我每天把各单位送来的广播稿筛选修改一下交给身边的林静，她会冲我微笑一下，然后开始广播。那时四楼广播室只有我们两个，孤男寡女共处一室，多么理想的状态。认识林静之前，我从来没对老兵那么恋恋不舍，那几天我非常希望他们站好最后一班岗，等我把林静搞到手之后再挥手告别。

陈干事，那我走了啊。广播结束那个中午，林静念完最后一篇稿子，关掉麦克风后说。

这几天辛苦你了。你这个主播当得非常好，很受退伍老兵欢迎。你看，今年连一个闹事的老兵都没出现。我说，晚上请你吃饭吧。

谢谢。林静笑着往外走，不用了，我晚上还有事。

那就改天好了。我追上去说。那时她已经到了楼梯口，不知道她究竟听到没有。听没听到是她的事，反正我已经为我们的关系埋下了一个伏笔。这个伏笔埋了一个多月，总也派不上用场。给她打了几次电话约吃饭，电话里不再称她林护士而是直呼其名，可她都说有事去不了，而且依然叫我陈干事。我去卫生队想让她给我打针，结果讨厌的军医总不承认我有病，总用甘草片或者酵母片打发我。这让我想起了远在德国一个叫什么豪森留学的麦青青。甩了彭小伟也就罢了，关键是荒木经惟的画册也跟着泡汤，我只希望林静别是这种心肠硬又没诚信的女人。

到了 E 站观测队，营院一角站了好多人，全都流了鼻血似的仰头看着水塔顶上的彭小伟。水塔底下六个人一组，五组人扯着五条军用棉被把水塔围了一圈。水塔用四根混凝土支柱撑着，顶多也就十米高，比院墙周边的钻天杨矮得多，不禁令我大失所望。彭小伟要是姿势不对，跳下来很难摔死。我曾设想自己将用一个劣质电喇叭冲他喊话，现在看来是用不着了。唯一与我想象吻合的是他坐在水塔顶上遥望沙海的造型。他看上去像在沉思，在瓦蓝的天空中留下一个深色的剪影。

小陈，看你的了啊！副主任在我耳边小声叮嘱，可以先跟他叙叙旧，让他平静下来。

我点点头，往后退了几步，冲着水塔顶上大叫一声，彭小伟！

跟我想的不一样，彭小伟坐在那里一动不动。

彭小伟！我把音量放到最大，他仍然没反应。所有人都在看着我，我脸红了。我开始生彭小伟的气。他这样搞得我很没面子。

彭小伟！我换了个思路又喊，别装聋作哑行吗！我知道你听见了！你看我啊！我是陈宇！看我啊！你看不看我？不看是吧？×，我叫你装！

我从地上捡起一小块砾石，用力扔了上去，可惜没打着，石头掉在了一条棉被上。再扔一块，还是没打中。我涨红了脸停下来仔细观察了一下，确认彭小伟的脑袋正很有节奏地晃着。我冲到水塔下面，抓住支柱上的铁梯开始往上爬。

你疯了！副主任扑上来抓住我的一只脚，你不能激怒他！

副主任显然搞错了，我根本没激怒他，而是他激怒了我。我猛地抽回脚，甚至都顾不上害怕，抓着生锈的铁梯向上攀爬，到水箱下方的平台上我停了一下，看着下面那些仰起的脸，忽然涌起一种莫可名状的牛×之感。我紧紧裤带，开始冲刺最后一段铁梯。从水箱盖沿探出头，看见彭小伟正背对我靠着避雷针坐着，还在那里晃脑袋。我爬上去一把扯掉他的耳机，又冲他后脑勺猛扇了两巴掌。

你打我干啥？他被我打得半躺在水箱盖板上，很吃惊地看着我，你咋来了？

我来营救你这个大傻×！我冲着他屁股又狠踢一脚，指指底下的人头，没看见你闹了多大事吗？

我上来听个歌,又不自杀,谁叫他们自己吓自己的。彭小伟说着竟然嘿嘿笑起来。掉在地上的耳机里还在哇哇地唱,王杰的《一场游戏一场梦》,我站着都听得一清二楚。

3

彭小伟回到现实的荒漠之后声称只是上去听听歌,这个理由过于侮辱人,E站领导气得发疯,发誓要给他好看,可翻了整本《纪律条令》也没找到适用条款,只好责令队里关他三天禁闭,先严肃反省,禁闭结束以后在军人大会上做出深刻检查。彭小伟被关起来之前,慌慌张张给我打电话,说早知道还得写检查就不爬水塔了,他最头疼写东西,而且禁闭室黑乎乎的没法思考,问我能不能帮他写。我立刻让他滚蛋。他又请我帮着构思一下,我说这种体裁不是我的强项,建议他去连队图书室找找保卫部门下发的《案例选编》,那里面很多犯罪分子的忏悔书可供参考。彭小伟被关起来还不到半天,队里的一部440雷达收发车出了故障,基地装备部来了高工也没搞定,最后不得不把彭小伟放出来让他戴罪立功。他上去折腾了半小时,换掉两只击穿了的二极管,再一开机,好了。

那检查还写不写？彭小伟从车里出来问教导员。

你先给我说水塔你还爬不爬了？教导员问他。

不爬了。

那还写个蛋。

事情过去好长时间，我问彭小伟到底有没有真想过往下跳。有一次他说有过这个想法，只要纵身一跃，生命和痛苦就会同时消失。另外一次又说他才没那么傻，为麦青青去死绝对轻于鸿毛。高楼谁与上，长记秋晴望。往事已成空，还如一梦中。他大概认为这种感伤主义的行径能把自己打扮成一个爱情的殉道者，看起来不幸而又高尚，我们出去吃饭一定不忍心叫他掏钱。

跟麦青青彻底失去联系后，彭小伟把麦青青的照片和信装在一个大信封里，四周钉满了订书钉，似乎这样就能把过去密封起来。我说这玩意儿就跟贪官的日记一样，留着绝对是祸害，叫他赶紧烧了，要嫌麻烦直接送锅炉房也行。彭小伟不干，说这是他爱情的遗物，回忆的素材，生命曾经存在的证据。他告诉我，他时不时就会梦到麦青青，醒来以后就很想爬水塔。我知道他只是这么一说，就算想爬也没那么容易。他从水塔上下来没几天基地后勤部就下了通知，要求各单位务必把水塔铁梯底端抬高到距离地面至少二点五米，这对彭小伟来说绝对是个无法逾越的高度。

彭小伟这种状态持续了差不多两年。每年休假，他不是直接回家，而是先去趟西安，在德福巷的一家咖啡馆坐坐，再从南门登上城墙走走。当年他跟麦青青经常在此地出没，感觉浪漫。

去不了德国，也只能去去这些地方了。彭小伟说。他用情还真挺专一。我说我是干不出这种无聊事，食宿费路费加起来不少，还不如拿来请我吃饭，至少可以保养一下我们的友谊。他说我庸俗，此举正如一个盟军老兵去奥马哈海滩凭吊战友，是种情感的需要。我说那是，那些死在滩头的大兵跟你一样，都他妈没到了德国。

彭小伟跟麦青青一共谈了不到两年，按照羁押一日折抵刑期一日计算，他也早该刑满释放了。所以他一提麦青青我就会毫不客气地打断他，让他趁早另觅新欢。他再忠贞不贰，麦青青也他妈一无所知。她这会儿肯定早学会了如何用德语叫床，彭小伟深情怀念她的时候，她正跟一个雅利安帅哥在那什么豪森变着法子乱搞也未可知。彭小伟气得五官错位，想反唇相讥却找不到合适的人选，因为他非常了解我的底细，任何一个姑娘于我都没有麦青青于他一样具有致命的杀伤力。柳依依跟我吹就吹，我郁闷几天也就没事了，不可能像彭小伟这么一根筋。早在初三时我就给女生递过纸条，女孩是我们班的班花，平时没少收男生纸条，她谁也没举报过，偏偏拿我的纸条跑去告老师。后来我才明白，别人给她的纸条都写"我喜欢你"，而我写的是"我想亲你"，幸亏我棋高一着，写的是仿宋字而且没署名，只要死不承认，班主任也无奈我何。大三那年，一个热死狗的中午，我跟彭小伟去服务社买冷饮，正好遇上一个地方委培系的女生。她急匆匆跑来买卫生巾，拿到东西却发现忘了带钱。她长得那么漂亮，我看在眼里急在心头，立马从彭小伟手中抢过十块钱拍在玻璃柜台上，解了她的燃眉之急。过了两天，趁姑娘来还钱，我把写好的情书塞给了她。隔天晚上去图书馆，几条黑影突然从路边凉亭闪出来截住我一顿痛打，彭小伟上前试图劝架，也被扇了两个耳光。我像大虾似的蜷在地上，一个高大威猛的黑影警告我，助人为乐值得肯定，趁火打劫绝不允许，我要再敢骚扰他女朋友，铁定见不着明天早上的太阳。那天他们打得我一只胶鞋不知去向，多亏彭小伟在旁边一棵洋樱桃树上给我找了回来。队长和教导员问我咋回事，我说我走夜路不小心一脚踏空从山坡上滚了下去。理论上这种可能是存在的,他们才欣慰地点点头,不再追问。

到了林静这儿我不会再犯这样的错误。机关就这点好处,消息比较灵通,经过我细致的摸底调查发现,追林静的人虽然不少,可她确实还没有男朋友。我好几次假装在路上跟她偶遇(其实我已经在附近蹲守了很久),然后凑上去陪她一起去她准备去的地方,只要她不进女厕所我就一直那么跟着。她对不断在半路杀出来的我感到慌乱,走在路上总会脸红,大眼睛忽闪忽闪的,像一只受惊的兔子。在孤悬世外的基地,广大官兵彼此混得脸熟,除了军事机密,我们这个保密单位其实没什么秘密,一对未婚男女并肩出现在营区很容易造成无从申辩的流言。林静当然清楚这一点,她完全可以拒绝与我同行,她不这么做对我来说是种无声的鼓励。问题是她过于紧张的状态影响了我的发挥,甚至连一个有趣的段子都想不出来,有时走了很长一段路都无话可说。

彭小伟就是在这个关头帮了我的忙,虽然这事他自己都不知道。把他从水塔顶上弄下来没几天,我就成功地约到了林静,而不是半道去截她。那几天我勇爬水塔的故事传遍了基地,一时间声名大噪,走在路上认识不认识的都会和我打招呼,向我求证各种细节，比如我为什么敢在水塔底下用石头扔他，以及在水塔顶上我究竟对他说了些什么。对此我笑而不答，哪怕雷测队那座低矮的水塔正在传说中变得高耸入云。跟林静吃饭时，我们从爬水塔的小角度切入，一直聊到爱情婚姻家庭这些宏大的主题。我甚至还聊到了文学，不过她兴趣不大。林静小我三岁，毕业于军医学校护理专业，学制两年，不爱读书，对古典文学一无所知。吃饭时我带上了那本有我作品的《解放军文艺》，还在最后一页我的作品标题下面签名送给她。杂志被我翻得页边发黑，我拿橡皮擦了半天也擦不干净。我还假装不经意地提起我在《空军报》上发表的那些新闻作品，她有点愧疚地说她很少看报纸，所以真的不知道。

那有什么关系。我说，就是发表一万篇作品，也不可能比跟你一起吃顿饭更有成就感。

有天吃过晚饭我去找林静，我坐在她宿舍的桌前，喝她给我冲的热果珍。她则站在桌子旁边，用彩色的丝线在一枚硬币上缠绕，说是要做一个挂坠。我们离得很近，她身上有种粉红色的味道。我仰起脸看她，她脸红了，停住手里的活儿也看我。我十分自然地伸出右手揽住她的腰，把她环进我的怀里。那是我第一次吻她，她唇齿间留有晚饭时大蒜的味道。

在相当长的一段时间里，只要我提起"蒜泥口条"，她都会脸红。

从红扑扑的脸蛋可以断定，我已经成功俘获了林静的芳心。可在她香喷喷的宿舍里，她只许我吻她摸她，却不许我有更加深入的举动。像司务长紧盯自己的保险柜，她每次都死死地护着自己的内裤。

我要把第一次留给我未来的丈夫。她说，这是我的原则。

那我算什么？

你是我男朋友啊。

男朋友不是未来的丈夫吗？

当然不是，男朋友和未婚夫是不一样的。

我问她怎么不一样，她并不回答，只是默默地穿好衣服，走到一边的椅子上坐下。看我用双手使劲搓脸，她问我是不是生气了。我说生气倒不至于，只是略感失落，跟我把自感很棒的稿子寄给刊物却毫无回音的感觉类似，愿望得不到满足时人就容易抓耳挠腮。

4

基地当时正在试射新研制的一型地空导弹，它的指令系统经常出现问题却又查不出原因,连着几发试验弹都在飞行途中自爆,试验任务一度处于停顿状态。我和林静一直无法突破的关系与此相似,让我变得焦躁甚至厌倦,脸上起了很多粉刺。其实我和林静都承认肉体的全面接触具有特殊的象征意义,区别在于她将其视作婚姻的一部分,而我觉得这只是感情的表现形式之一。她更愿意依偎在我怀里跟我探讨一些不着调的问题,比如我为什么会爱上她,我以前到底谈过几个女朋友,我是不是都跟她们上过床之类。我当然不可能傻到告诉她这些。要么就是设想我们真要结婚的话,是不是要在老家买房子,要是买,是买在太原还是买在南昌,钱该怎么出,以后有了孩子谁来带,要是过些年转业了是跟我回太原还是跟她回南昌。这些问题又能延伸或者拆解成更多的问题,而我一个也回答不了,甚至连想想都觉得麻烦。如果林静敢于冲破世俗的观念,不再把婚姻和爱情这两种截然不同的事物混为一谈,并允许我进入她固若金汤的浅色内裤,那么事情很可能柳暗花明,我将发现一条穿越沟通障碍的秘密通道。这种想法时常令我心猿意马,每次帮林静写个人年终总结或者政治学习心得体会时,仿佛又把她的腰带松开了一个眼,我甚至还把自己的稿子署上她的名字,告诉她这样有助于评职称。此外我还说了很多甜言蜜语，然后我就想不出还能为她做什么了。我知道我一定还有潜力可挖，但在很长的时间里我都找不到合适的钻探设备。

这种时候我时常会怀念柳依依。虽然我们早掰了，可留在我脑海里的那些衣不蔽体的热烈场景依然存在并且历久弥新。在很多个寂静的夜晚，我都会躺在被窝里想着柳依依而非林静，之后又在黑暗中深感惭愧。

我跟彭小伟私下聊过这事，没想到换来的却是他对我的激烈批判。他说性只是人生的一小部分，更重要的是价值观的高度契合，如果不是这样，那就趁早放弃，不要害人。

那你跟麦青青算怎么回事？

以前我以为跟她是一类人，不过我发现我错了。彭小伟脸色变了变，我跟她是因为爱情，我爱得甚至都想不到做爱，你明白吗？

彭小伟这种谬论我确实不明白，不过原本我打算休假时跟林静去见她父母，听了彭小伟的话我又犹豫了。我对林静说我父母身体不大好，就先不去她家了，后面找时间再去。林静当真了，转头去买了一堆补品让我带回去。我让她退掉，她说，你爸妈以后就是我爸妈，我当然要对他们好点啦。

我快被她整哭了。我把她卖了她还替我数钱，我从来没见过她这样笨得让人心疼的女人。休假回去，我一直考虑该怎么跟林静谈。上午我觉得她很好，下午又觉得我们不是一路人。这种起伏不定的想法像过山车一样弄得我头晕眼花。过年前，高中同学组织了一次聚会，我又跟管雨萍联系上了。高中时我追过她，准确地说也不能完全算追。她长得挺漂亮，特别是屁股比较圆，有一次下了晚自习，我追上去悄悄夸了她一句，然后被她扇了一耳光。事情经过就是这样。聚会时我们聊得挺高兴，过了两天她约我去喝咖啡，实际上去了喝的是啤酒。我说当时我要夸你是翘臀估计你就不会打我了，她一个劲笑。我问她男朋友在干吗，她说被车撞死了，我安慰了她好一阵，她又说是骗我的，他们刚分手。那哥们儿本来跟她在一个银行工作，后来跳槽去了上海，很快跟别人好上了。她说话时一直带着神秘的笑意盯着我，令我发慌。

从咖啡馆出来，我们沿着马路走了好久，我们在路灯下用眼神互相触摸，然后抿嘴笑。又触摸，又笑。心率加快是种不错的感觉，它会让整个身体膨胀起来，渴望一次像导弹战斗部那样畅快的起爆。

真的很圆吗？送管雨萍到楼下时她突然问我。

什么很圆？

你说是什么？

当然圆了！我一下反应过来，真的，比雷达天线罩还圆。

她放声大笑，虽然她根本不知道雷达天线罩到底什么样。笑完又说，要没事就联系我吧，反正我这段时间也不忙。我问她这是不是我醉欲眠卿且去，明朝有意抱琴来的意思？她挺流氓地看了我几秒，突然上前亲了我脸一下。

你这人真是挺有趣的。她说。

我用袖子擦了擦脸，回家后很晚睡不着。管雨萍让我兴奋，而林静似乎从未给过我这种感觉。半夜我终于给林静发了短信，说我回家这段时间仔细考虑了一下，觉得我们其实挺不合适的，我没有自己想象中那么爱她，事实上我自己都不确定这是不是爱。短信发出去很久没有回复，我以为她关机睡了，要么就是在琢磨怎么回复我。我很怕她会哭，那样的话我会比较头大。不知过了多久，手机突然连响两下，我抓起来一看，林静第一条回复说，其实我能感觉得到，只是你一直不说罢了。第二条回复说，祝你幸福。

我难受了半个来小时，一下又轻松了。我想集中精力再好好想想林静，她的面孔却变得模糊，像沙尘暴笼罩的景物，远没有管雨萍那么清晰诱人。我给管雨萍发短信约她晚上吃饭，那会儿天还没亮，可我已预感到晚上将发生什么。

彭小伟知道我跟林静分手时嗟叹了一番，听上去颇为惋惜。我说你为何长叹，这不是按照你指引的航向奋飞的结果吗？彭小伟马上撇清关系，说这是我自己的选择，他不是我爹也不是我领导，他的话对我没有任何约束力。接着他话锋一转，说他确实认为我跟林静不合适，何况我总是带有太多游戏的成分，对林静很不公平。从长远角度看，分了对双方都是一种解脱。我问他这次休假是不是又去了西安城墙上凭吊爱情，他在电话里沉默了一下说没去，而且他永远也不打算再去了。我很高兴他的思想发生了可喜转变，逐渐澄清了模糊认识。恋爱中的男女总以为自己是最与众不同的那一对，其实每个人都比另一个更普通。

你知道吗陈宇，我缓过来了，我好了。他说，其实我给你说的话也是说给我自己听的，我觉得我跟你不一样，我还是一如既往地相信爱情。

我警告彭小伟不要血口喷人，我也是相信爱情的。别说爱情，我连相对论都信，虽然我根本搞不懂这到底是些什么东西。跟管雨萍联系上之后，我没事就往外跑，我爸妈显然注意到了异常动向，经常在看电视时窃窃私语，时不时瞟我一眼。后来我妈终于忍不住了，问我是不是在谈对象。这个问题不是很好回答，我自己都不确定是不是在跟管雨萍谈恋爱，因为我们见面时一般只使用肢体语言。这种语言的优点是简单直白，缺点是词汇量太少，无法用来探讨爱情这种形而上的问题。

也不算吧，刚认识。我只能这么告诉我妈，有情况我会告诉你们的。

我妈再问我对方叫什么名字干什么工作家是哪里的父母在什么单位身体怎么样这种问题时我都一概不予回答。他们的观念简直跟林静如出一辙，难怪我们只能就此别过渐行渐远。

假休了一半，有天下午我去找管雨萍，刚出门，何勇突然打来电话。自从彭小伟给我过完生日之后，我们的计划就搁浅了，三个人再也没有一起过过生日。何勇在C站指挥连当了一年排长，调到了装备股当器材助理。他经常让我帮他打听有关领导的情况，比如某领导家是哪里的，家属又是哪里的，包括领导喜欢吃什么菜喝什么酒有什么业余爱好之类。换了别人我才懒得打听，何勇就不一样了，毕竟是一起分来的同学。何况他对我也不隐讳，明说团站机关太小，没什么干头，很想调到基地机关来。不到半年，他还真调到基地装备部器材科来了。器材科就在宣传科楼下，我们经常在楼道和机关食堂碰面，每次都很亲热地互拍肩膀。他知道我在跟林静谈，每次说起来都表现得非常羡慕。我要问他谈了没，他总说没有。他给我说过，他能想象的最浪漫的事，就是跟一个女军官慢慢变老，最美满的婚姻就是双军人家庭。他努力调到基地机关一个重要原因就是这里的未婚女干部比其他地方都多。

找个女干部多好，工资不少拿，又不用两地分居，没有比这更美气的了。每次看见我们团站那些随军家属没班上，勤快点的也就骑个自行车，后座捆个纸箱子四处卖饮料我就郁闷。每次说到这个问题何勇都会摇头叹气，说可惜狼多肉少，想找个女干部太难了。估计到头来我也只能回老家找一个，不像你和林静，郎才女貌，咋看咋叫人眼红。

电话里我问何勇休假没，他说有任务没休成，这会儿正在办公室干活。我问他有啥事，他嘿嘿笑着说没事，就是节日期间大家差不多都休假了，一个人待着无聊，想和我聊聊天。这个理由十分牵强，我又问他到底啥事，他还是嘿嘿笑，说就是想跟我说说话。我说马路上噪音太大,不然等有空时我给他回过去。他还在跟我纠缠,直到我说要挂了,他才赶紧喊住我。

陈宇,你是不是和林静分了?

你咋知道的?我停下步子,谁给你说的?

你别管谁给我说的,你就说是不是吧。

你先说是谁说的,是不是林静?她告诉你这个干啥。我说,她咋给你说的?

绝对不是林静。何勇赶紧发誓,我是听卫生队长说的,说林静值班给政委的司机输液,连扎几次都扎不到血管,那个屌兵找队长告了她一状。队长批评她,她说她失恋了……就这样。

她怎么还上班?我脑子有点乱,她没休假吗?

休了休了,就是休得晚,前天刚走。何勇说,那看来是真的了。

真的假的关你屁事。

也不能这么说嘛。何勇扭捏地说,我是想先了解一下情况。

你了解啥情况?我忽然有种不好的感觉。

是这样,我对林静印象挺好的,不过我发誓,她跟你谈的时候我绝对没有非分之想。现在你们要真的分了，你看我是不是也可以……可以那什么，尝试一下。何勇吭吭巴巴地说，陈宇你别生气啊，咱俩是好同学我才实话实说，我不想弄得好像在挖你墙脚。

我们就是没分手你也可以追她啊。我恶狠狠地说，你请示我干啥。

那怎么行，我必须要征求你的意见。他说，咱们是好同学啊。

挂了电话，我在路边愣了半天。我在思考为什么世界上会有何勇这种人以及他怎么能说出这种话。这简直跟鲸鱼的屌到底多长一样超出了我的想象。我立马给彭小伟打电话说了这事，彭小伟也表示很吃惊。

吃完惊后他又安慰我，你和林静都分手了，理论上这事跟你毫无关系，他能告诉你说明他还是襟怀坦荡的，所以你也没必要生气。

问题我确实很生气啊！我说，这个傻×。

他虽然长得比你帅，但他绝对没你有才。他说，让他去追呗，我觉得以他的智商不可能追得上。

这话我听了还比较舒服，于是决定不再跟何勇计较。再说我现在满脑子都是管雨萍和她的屁股，这是现阶段最令我痴迷的事物。相比之下，我甚至不知道林静的屁股长什么样，她的内裤相当于无形的铁幕，把我们分隔成两个阵营。

5

彭小伟在雷测队干了两年多，玩雷达玩出了名堂，团站领导认为像彭小伟这样有水平的"和尚"不能长期待在雷测队那种"小庙"里，至少也应该"普度"整个团站的装备，就把他调到了团站技术室当工程师。按说他早就可以去，就因为爬了一次水塔才拖到现在。好在领导还比较爱才，彭小伟到技术室没多久就破格晋升为中级职称。有一回北空一个导弹营来基地打靶，用的是进口的兵器，进入阵地后主探测雷达出了毛病，发射机怎么也加不上高压。加不上高压就发不出信号，发不出信号弹就打不了，急得带队的旅长脸都绿了。折腾了半天搞不定，最后把彭小伟找去了。他看了看，推测问题出在"红匣子"上，可那个金属盒子打着原厂铅封，擅自打开的话厂家就不负责保修。厂家聪明，大家也不傻。他们只知道沙漠一带的羊肉好吃，并不认为这里的人有多大本事，所以都不赞成彭小伟的主意。

那就没办法了。彭小伟笑笑准备撤。

你能保证问题出在这儿吗？旅长盯着彭小伟问。

这我保证不了，我只是推测。彭小伟说，不过我不会乱推测，这一点我可以保证。

旅长背着手绕着雷达转了一圈回来，行，按你说的办，打开！

用尖嘴钳剪掉"红匣子"上的铅封，正如彭小伟所说，里面一个类似 USB 接口的触点断开了，可能是在沙漠里长途机动颠簸造成的。重新接上再开机，高压立刻有了。实弹射击成绩不错，会餐时旅长专门把彭小伟请去，一个大校给他这个小中尉连敬三杯，又留了他的电话，说后面会跟他联系。

彭小伟当个玩笑给我说这事，没承想旅长人家念念不忘必有回响，部队归建没几天就打来电话，问他想不想去他手下干，只要同意，旅里马上向上面打报告要人。彭小伟从来没遇到过这种事，跑来和我商量。我也没遇到过这种事，可我知道随便什么地方也比这片沙漠强，何况北京是祖国的心脏，而沙漠连他妈屁眼都算不上。我极力劝他答应下来，彭小伟好像也有点动心。我特别叮嘱他先别往外说这事，可这小子又没听我的。

我就给我们室主任说了那么一嘴,结果他马上就汇报给首长了。政委找他谈话,说基地虽然艰苦,可锻炼机会多,而且组织上培养个人才也不容易,希望他能留下,有什么要求可以给他们提。彭小伟说,其实我能有什么要求,我没什么要求。

那你怎么给政委说的?

我说我听领导的,不去了。

你这不傻×么?我好半天才缓过神来,领导忽悠你两句你就不走了,要是过几天你们政委提升了,你看他走不走!他绝对比兔子跑得还快!

也不能这么说。要从专业上讲,基地能见到的雷达型号最全了,作战部队可没这个条件。再说领导对我不错,我要走了也说不过去,做人还是得讲点感情嘛。他说着竟然笑起来,我要走了谁陪你喝酒,你说是不是?

我当然舍不得他走,可哥们儿就是哥们儿,关键时刻必须为他考虑,于是我又想了个两全其美的主意,让他一方面给站领导表态说不走,另一方面给旅长回话说单位不放,让旅长加大协调力度,等调令到了木已成舟,谁也不可能说什么。

问题是我已经答应领导不走了。他很为难地说，我不能言而无信啊。

麦青青还说跟你天荒地老呢，又咋样了？我说，你他妈爱去不去，我不管了！

后来彭小伟每次说起这事都很庆幸，说得亏没听我的馊主意，不然肯定会错过丰亦柔。丰亦柔被他视为到基地以来最为重大的发现，每次向我描述时都说她思维多敏锐，谈吐多机智，眼睛多迷人，鼻子多小巧，嘴唇多红润，嗓音多动人。我没见过这个丰亦柔，彭小伟提供的参数误差过大，整合数据之后，我眼前浮现的形象跟《猫和老鼠》里那只一天到晚鼓着腮帮子的黄色小鸟差不多。我不得不专门去找干部科的哥们儿，叫他把丰亦柔的干部卡片找出来叫我扫一眼。档案显示，她去年从国防科大毕业，成绩优异历史清白，父母都是军事科学院的研究员，可我关心的不是这个。干部卡片左上角那张两寸免冠照片上印着一张小脸，淡眉细眼，高颧骨塌鼻子，还戴一副黑框眼镜，一点不如我想象中的那只卡通小鸟可爱，更别说跟麦青青比了。

我怀疑照片照得不够好，隔了几天去 E 站采访，专门去技术室的大办公室偷看了一下。不看则已，看后非常胸闷。

我问彭小伟是不是受了麦青青的刺激以后决定破罐子破摔，不然为什么会喜欢上丰亦柔？她怎么看怎么像一个建筑工地上筛沙子的小工，要么就是我家楼下帮人看孩子的小保姆。这话大大刺激了彭小伟，他说你懂个屁！你了解她吗？你知道她是高考考了多少分吗？你知道她毕业论文写的什么吗？你知道她笑起来有多么可爱吗？我说这顶多只能说明她没有智力缺陷和龅牙，其他什么也说明不了。

就为这句话，彭小伟整整三天没理我，我不得不打电话向他道歉，说我跟他开玩笑的，只要他觉得丰亦柔好就行，他的感觉才是唯一的参照系和雷达三坐标。彭小伟马上高兴起来，说遇上丰亦柔绝对是天意。我说那是，我当时遇上林静也以为是天意呢。可彭小伟指出，我那个天意是自许的，而他这个才是正儿八经的。他这么一说我就明白了。他春节休假时某一天有客到访，客人是他爸的朋友，骨骼清奇貌类干尸，大耳垂肩双手过膝，双目精光暴射，特别是一根鼻梁不像常人那样在眉骨处打个弯，而是直直戳到额头，极像一只猛禽。我问是哪种猛禽。沙漠里见得最多的是乌鸦，叫得难听不说，还四处乱拉屎，打扫起来非常麻烦。他说这不是重点，重点在于他善于看相，说他今年有一桩大好事，位置在西北方向,将会有一个来自南方的女子与他共事,他和她定能生出一段良缘。

给我说这事时彭小伟还没调到技术室,而雷测队不可能有女军人,所以他那会儿可没把那神人的话当成天意,而是说他满嘴喷粪。

看来你对传统文化还是缺少敬畏。彭小伟说,你瞧,基地在西北,丰亦柔在长沙上学,现在我们都在技术室,全都应验了。

他能呼风唤雨撒豆成兵不?

估计够呛。彭小伟想了想说,我没问他。

你在基地,位置当然在西北。全军院校有几个在沙漠纬度以北的?不跟你共事你当然不认识,认识的肯定在共事,只要在基地那就叫共事。我说,还是你以前说得对,他确实是满嘴喷粪。

我就是这么说说嘛。彭小伟赶紧说,关键是我喜欢她,这才是最重要的。

彭小伟面临的困难在于丰亦柔对他似乎没什么感觉。他请丰亦柔吃饭,丰亦柔不去。他问我怎么办。我说她说不去就不去?这事还由得了她了!你得把脸皮往厚里放,就站在她办公桌前不走,你看她去不去。我本来是逗他,他却很当真,弄得丰亦柔满脸通红,最后竟然同意了。去归去,却还带着另一个女同事,他们在饭局上讨论了一番相控阵雷达是否可以全部取代机械扫描雷达的问题,彭小伟想说的话一句没说成。

后来他又让我帮他写情书,说我文笔好。我说那你要搞她是不是也让我帮你?看他可怜兮兮的样子我又心软了,答应他先写一稿,我来帮他改,然后他回去照抄一遍。

你那文笔看来也不咋的。彭小伟见情书送出去迟迟没回音,丰亦柔见他时的眼神并未如我设想的那样迷离起来,就打电话埋怨我,怪不得你现在只能写新闻报道。什么"本报讯,陈宇报道,凌晨,西北某基地,一发绿色信号弹划破夜空……",回回都这一套,好像夜空就是你的火柴皮,你想划就划。

彭小伟讨厌就讨厌在这儿,缺少一颗感恩的心。我在电话里大骂他是屎拉不出来赖茅坑武艺不精还他妈赖操场不平,简直就是老狗倒龇牙好心当成驴肝肺。骂得连科长都不得不放下手中的材料抬起头侧耳倾听。彭小伟为了挽回影响,赶紧说他不是那个意思,说还是我在《解放军文艺》上发表的那篇散文写得好,虽然那以后我再也没在上面发表过作品。我想起当初在水塔顶上问他我那篇文章怎么样时,他说我写得屁都不如,还质问我,沙漠被我写得那么好,为什么自己却不愿意分来?我解释说我只是想写写沙漠军人的精神状态。他说你他妈懂几个人的精神状态,我心如死灰一天晚上自摸三次你咋不写?显然他已经把这事全忘了,被他一起忘掉的还有麦青青。从这个角度讲,倒不是件坏事。

你到底有没有把信直接交给她?你不会送错人了吧。

我是直接交给她的呀!彭小伟说,绝对没错,夹在一本天线教材里给她的。

那你给她说书里有东西没?

这个还用说吗?她一翻开就能看得到啊!

说你是个傻×你还有意见,你自己说,你是不是个傻×?等彭小伟从丰亦柔桌上找到那本天线教材和里面没拆封的信后我问他,你他妈给我说啊!

彭小伟不说,那就等于默认。我让他不要用任何包装,直接把信交到丰亦柔手里,否则不许再出去四处吹嘘他认识我。那封信在彭小伟裤兜里装了一个星期,像揣了个手榴弹,终于在办公室只有他俩的时候,把信扔在丰亦柔的桌上扭头跑了。我无法理解彭小伟从前是怎么追麦青青的,他的表现连我初中时的水平都不如。也许是因为他太喜欢丰亦柔了,她黑皮肤上被漠风剥离的气息令他沉醉,她制式皮鞋留在水泥路上的脚印引他前行,她含混不清的北京话超过世界上一切悦耳的声音,她牙缝里嵌着的韭菜代表着宇宙中生命的颜色。对他来说,面对喜爱的人他没办法不小心翼翼,就像踮着脚尖进入一幢晃晃悠悠的危楼,每挪一步都生怕一脚踩空摔成残废。对彭小伟来说,他对丰亦柔的热爱像绳索一样束缚了他的手脚,而一个被五花大绑的人显然无法纵身追逐他渴望的事物。

6

彭小伟在雷达维修界崭露头角,但在泡妞这个领域,他不仅根本无法望我项背,连何勇都比不了。自从给我打过那个丧心病狂的电话,何勇好久没跟我联系。每次在楼道或饭堂遇到他,他都故意躲我,实在躲不过去就露出一脸讪笑。他表现得十分谦逊,可我明白,蔺相如心里根本就不尿廉颇。作为基地头号新闻干事,我没事就四处采访,消息灵通人脉很广,他那点事我不问也会有人告诉我。比如,何勇不知从谁那儿听说林静抱怨冬天宿舍太冷,就趁她探家时去军需科价拨了一条厚床垫，颠颠地扛到卫生队，请队长帮忙打开林静的房间给她铺上。林静哪天要没去饭堂，他马上就会打一份饭送过去，哪怕人家早就吃过了。他肯定还想过下雨时先把自己淋个透湿，再浑身滴着水跑去给林静送伞，可惜在沙漠这种机会极为渺茫。我还听说他没事就去找林静，进门第一件事就是给她擦皮鞋，林静拉都拉不住，后来竟然也习惯了。

有一次我在路上碰到林静，她假装没看见我，我不得不把她喊住。我问她跟何勇处得怎么样，她说你问这干吗，跟你有关系吗？我说我就是关心关心你，没别的意思。她扭头看着别处不说话。

他不是对你挺好的吗？我低头看看她的鞋，鞋这么亮，是不是他给你擦的？

你管呢？林静用她那双大眼睛瞪着我，他真比你强多了。至少他尊重我，在意我，这一点你永远都做不到。

本来我只想跟林静打个招呼，可她说得我很不高兴。我说，你喜欢吃瓜子，何勇就专门嗑了一大盒瓜子仁给你吃，真的假的？你真能吃得下去？

就是真的，我就是喜欢吃，他就是比你强，怎么了？林静恼了，绕开我噔噔噔往前走，走了几步又回过头跺着脚冲我喊，陈宇，你他妈的王八蛋！

第二天，就有人看见何勇跟林静在营区散步。也许是因为我惹恼了林静从而在客观上帮助了何勇，但我无所谓，我更关心彭小伟的进展。这个蠢货一直在徘徊顾望，我叫他主动进攻，冲车云梯加地道，可他认为丰亦柔城坚粮足难以攻取，他除了天天骑着匹瘦马在城墙周围瞎溜达以外无计可施。上次那封情书虽然送达了丰亦柔，可并没有任何反应。我苦思良久，又替他出了个主意。

你写一条短信发给她。我说，这条短信看上去明显是写给别人的，只不过你不小心错发给了她。但实际上就是写给她的。懂了吧？

不懂。彭小伟一脸困惑。

我又解释了一番，他还是听不懂，我只好上手给他写了一条：

> 你错了，包法利夫人绝不是我喜欢的类型，德伯家的苔丝也不是。只有一个女孩是世界上最美的，她离我也就几米远，也可能是几亿光年。除了确定我爱她之外，我他妈什么也确定不了。

这算是个什么短信呢？彭小伟看了半天手机，我哪知道包法利夫人和德伯家的苔丝是哪种类型啊，我又没看过小说。

你看没看过有什么关系，我看过就行了！我瞪着彭小伟，你赶紧发啊！

行行行，等一下。彭小伟要把最后一句话里"他妈"两字删掉，我死死抓着他的手不让删。我说这是点睛之笔，他要删掉，发了没效果可别怪我。彭小伟龇了半天牙，眼睛一闭摁下了发送键。

一瓶啤酒还没喝完，彭小伟就收到了丰亦柔的短信：你短信发错了。一直没告诉你，上次你的信我看了，写得真挺感人的。可我现在还不想考虑这个问题，我觉得咱们还是做朋友比较好，你说呢？

我认为这是非常好的兆头，彭小伟却说这是拒绝的意思。我安慰他说，姑娘总归会矜持一些，一般情况下不可能主动耍流氓。只要她回信，那就有戏。我让他以后没事就给丰亦柔发短信，我随时提供火力支援。哥们儿就是哥们儿，丰亦柔长得不好看我就劝他别追，可他真要追了我也会无条件支持他，直到有一天，他满地找牙时我再回头安慰他。

眼见彭小伟和丰亦柔的短信交流日渐频繁，我也想跟管雨萍正式谈谈恋爱。我在电话里头一次跟她谈到这个问题，她只是笑，后来我说我们以后也可能结婚的，结果把她说毛了。

你没开玩笑吧。她在电话里笑起来，咱俩？结婚？这怎么可能？

这有什么不可能的。她的笑声令我不快，咱俩不是挺好的吗？

是挺好的，可这跟结婚没什么关系吧。她说，就算我想嫁给你，你怎么娶我？

她还真把我给问住了。我真不知道怎么娶她，因为我从来没考虑过与此有关的具体细节。我在沙漠她在城市，要么两地分居，要么她随军或者我转业，而她不可能随军到基地来骑自行车卖饮料，我毕业没多久也不可能被批准转业。这一点何勇早就考虑到了，他的想法我也完全适用。事实上这不是什么想法，而是干燥的现实。

咱们唯一的联系就是打电话。电话是什么，就是一串无线电信号，这个你比我懂。我们不可能靠无线电信号生活，绝对不可能。她说，陈宇，我很喜欢你，真的。不过这跟结婚是两码事。她停了停又说，其实这跟爱情都是两码事。

我说的可能不好听。见我不说话,她说,不过我至少不骗你。

从前我在电话里多次给管雨萍描述过大漠风情,除了这些东西我们没太多可说的。就跟我几年前那篇散文一样,我把沙漠景观化了。反正我说的东西她从来没见过。她没见过胡杨、红柳、梭梭、骆驼刺、芨芨草,还有锁阳和苁蓉。这些植物长得很吃力,所以一个个都歪七扭八,只有在沙漠它们才显得珍贵,放在别处估计早被当杂草连根拔掉了。我想怎么说就怎么说,哪怕很多都是我的想象。我讲的时候唾沫横飞,把手机搞得几乎短路,好像风尘肆虐的沙漠正在我的口水中成为水草丰茂的绿洲。我完全忽视了她在银行柜台工作,一眼就能认出假钞。

那我要是转业呢?我明知不可能,还是忍不住说。

干吗转业?她又笑起来,我就喜欢你穿军装的样子,真的很帅。比你穿任何衣服或者不穿衣服都帅。

我想起休假时我和管雨萍每次见面都用肢体语言激烈地交谈,谈得大汗淋漓东倒西歪。我背过的那些唐诗宋词都被闲置一旁。多情只有春庭月,犹为离人照落花。寂寞空庭春欲晚,梨花满地不开门。多他妈棒,可惜没处用。挂了电话之后我出门准备散散心,刚拐上主马路,远远看见路灯下林静和何勇正朝我这边走过来。放平时我肯定会迎上去跟他俩打个招呼,这次我没那个心情,转身朝苗圃那边走了。

苗圃里种了大片的树苗,我们每年四月份都会组织去植树,可几年过去,沙漠还他妈是土黄色的。穿过苗圃,再往前是布满砾石的戈壁,更远处就是绵延横亘的巨大沙丘,它们每年都会为中国北方提供大量沙尘。我想起以前发过一篇图片报道,照片上一群新兵挥舞着红旗冲向沙丘。当时一个新兵从沙丘半腰上骨碌碌滚下来,我跑过去问他对这次团日活动有什么感想,他呸呸呸地往外吐着沙子,说是别人把他推下来的。我记下他的姓名和单位,给他拍了张脸上粘满沙子的特写,然后配了个说明,叫"沙漠的味道"。我躺在温热的沙砾上看着夜空,那是我平生所见最为灿烂的星河,它们看上去跟烧饼上的芝麻一样繁密,不过谁都知道,每一颗和另一颗都距离无数光年。

在地上躺了一会儿,我又没那么郁闷了。空自忆、清香未减,风流不在人知,就是我此刻的写照。于是我又开始构思一篇新的散文。彭小伟说得对,自从我发表那篇散文之后,我写的只剩下新闻。我刚想了个标题,电话响了,一看是彭小伟。他声音在剧烈颤抖,说刚跟丰亦柔吃完饭又把她送回宿舍,然后就跑出来给我打电话了。我立刻坐起来,说你为什么要从宿舍出来呢,你为什么不趁热打铁继续跟她互动呢,也许她正在等着你吻她而你却走了,你这不是功亏一篑吗?

我想着一步一步来嘛。彭小伟被我迎头一棍敲晕了,好半天才说,我真的应该留在她宿舍吗?

彭小伟真的把我当成了他的爱情导师,他还不知道我刚刚被管雨萍解除了教职。我突然感到索然无味。我说随便你,不过你要早点确定你们是在谈恋爱而不是在干别的,这个问题很重要,必须把它搞清楚弄明白。

我觉得她挺喜欢我的。彭小伟说,我们吃饭时聊得很开心,她说我不光专业强,文笔还好,幸亏她不知道你在暗中相助。

其实我都忘了帮彭小伟写过什么。那些乱七八糟抖机灵的话其实一文不值,而丰亦柔竟然还能被打动,这让我感到意外。一个能被语言打动的姑娘一定是个好姑娘,相比之下,我根本不知道如何打动管雨萍,她永远像泰山一样纹丝不动。她略带怜悯的口吻让我深受刺激。接下来那段时间,我把自己发表的新闻报道剪贴复印了好几份,附上自荐信悄悄寄给了几个从前打过交道的单位。近的在兰州,远的在北京。我希望他们缺一个新闻干事,而我也许会成为他们需要的人。这是件犯忌的事,所以我谁也没告诉,包括彭小伟。那几个沉沉的包裹寄走后我心神不宁,有时会热切期待遇上一个像赏识彭小伟的旅长那样的领导,有时又十分后悔,担心这事被科长或者主任知道,这让我无比煎熬。中间我实在忍不住了,曾给其中两个人发过短信打听,可他们都没有回复。

小陈,你是不是有什么想法啊?有天科长突然问我,有什么想法你尽管说,别憋在心里。

我慌得连话都说不出来,好在科长也没继续问。他冲我笑笑,耳根下又有一道细长而崭新的血痕,看来又跟他家属打架了。基地机关几乎所有人都知道,科长经常跟家属打架,但他看上去从来都笑眯眯的,好像就他自己不知道。有些事就是这样,只要不说出来,那就可以视为不存在。

7

到基地的第四个冬天,何勇突然打电话说要给我过生日,还说已经和彭小伟商量好了。这让我十分意外,但还是表示了感谢。何勇来时,提着一个基地生活区面包房制作的正儿八经的生日蛋糕,还有彩色的蜡烛。我们又去了生活区的湘菜馆,店还是那个店,老板还是那个老板,不过我不大确定我们还是不是我们。和几年前一起过生日不同,大家喝酒变得不再主动,虽然举杯的频率不低,每次喝进去的量却大不如前。冷静无疑是酒局的大敌,这种南辕北辙的喝法致使整个饭桌变得动荡不安,每一杯都像是最后一杯。后来何勇说,喝不动咱们就聊天吧,好久都没怎么和你俩聊天了。你们记得上学的时候九队我那个老乡吗?何勇描述了一下他那个老乡的长相,可我和彭小伟一点都想不起来他曾经有过这么一个老乡。

这家伙前两天给我打电话,说他遇上了麻烦,问我咋办。其实我也不知道该咋办,你们都比我有才,帮我看看这事该咋处理。然后何勇就开始讲。他说他老乡A大四的时候认识了学校附近一个理发店的老板娘B,俩人也是老乡,家都在一个镇上。B比A大个四五岁,长得挺好,A经常去那儿理发,一来二去就熟悉了。B的老公没什么正经工作,一天到晚在外面跑,很少见到。有一个大热天,中午,B穿得很少,正给A理着发,A突然发现B的大腿上有几处乌青,问B咋回事。B起初没说话,过一会儿A感觉像从房顶上滴水,抬眼一看,B一边理发一边在掉眼泪,后来一问才说是她男人打的。两个人平时就有点眉来眼去,见 B 哭了,A 一下把她抱住,抱着抱着就抱到后面的床上去了。两人的关系保持了差不多一年。快毕业时,一天晚上俩人正在床上,突然听到门响,B 吓坏了,赶紧让 A 从窗户里出去。A 打开窗户正往外跳,B 的老公闯了进来。A 吓得魂飞魄散,也顾不上那么多,跳出去撒腿就跑。B 的老公在后面追了半天没追上,回去以后把老婆打了个半死。毕业分配前,他们又悄悄见了一次,B 说她一提离婚老公就往死里打她,不过她还是下决心要离婚。如果真的离了,她一定会来找 A。

我老乡也答应了,说等他到了部队再想办法跟她联系。何勇说,结果他分配以后再也没跟那女的联系过,这也正常,毕竟两个人没啥共同语言。哪知道前两天他突然给我打电话,说那女的给他打电话,说她已经离婚了,现在要来找他。

那就让她来呗。彭小伟说,鸳梦重温嘛。

问题是他在部队已经谈上对象了啊!他都不知道那女的怎么找到他的。何勇叹口气,你说这事弄的,他现在一点办法都没了,也不敢给他对象说。

这还真有点麻烦。彭小伟说,那他应该跟之前那女的好好谈谈,告诉她现在情况变了,她来找也没用了。

你说得轻巧,哪有那么简单。何勇摇摇头,万一人家死活缠上你咋办?

也不能这么说吧。彭小伟说,他们当初肯定还是有感情的。

什么感情,还不是他自己造成的。我说,就算有感情又怎么样?你跟麦青青不也挺有感情的,还不是一样掰。他要是不想再跟那女的联系,最简单的办法就是赶紧把手机号换掉,反正基地是保密单位,只要不说,她不可能找得到。

你这也太狠了吧。彭小伟脸涨得通红,说他应该勇敢面对,把话说清楚!

好是好,可这话肯定说不清楚。我说,所以不如不说。

就是,不可能说得清楚。何勇干掉一杯酒,陈宇说得对。

吃完饭出来,我们都能够直立行走,只不过稍微有点晃悠。把彭小伟送回招待所,我和何勇走在路上,他突然一把搂住我的脖子,搂得特别紧。

林静还是喜欢你。他在我耳边喷着酒气,你肯定知道,是不是?

你他妈有病吧?我使劲把他胳膊掰开,我几百年没跟她联系过了。

我不是说你跟她联系,我是说她还喜欢你。何勇打个嗝,我要说我到现在都没亲过她,你信吗?

不信。我说,你擦了她那么多皮鞋,她好意思不让你亲两下?

要骗你我是孙子。何勇停下来看着我,眼里闪着光。她从来不让我碰她,当然我也不会强迫她。我觉得我很爱她,虽然她可能根本不爱我。这话我没跟任何人说过,真的陈宇。

我记得那天月亮很大,对我很不利。我希望那是一个伸手不见五指的夜晚,我们彼此都看不到对方的表情。老实说我听了何勇的话有点高兴,如果林静真的爱上他的话我会觉得没面子。不过对何勇讲的那个故事,我认为我是听明白了。他说的压根不是什么老乡,他说的就是他自己。

我把我的想法告诉了彭小伟,可他不信。他不信也是对的,他每天沉浸在雷达故障和丰亦柔的气息当中,不像我那么孤独而又清醒。他跟丰亦柔的关系已经相当稳定,我就显得多余了。他非但不再主动说他和丰亦柔交往的细节,甚至我问起来他也表现得谨慎而神秘。我说他是鸟尽弓藏兔死狗烹,他只是嘿嘿笑。直到丰亦柔在《空军报》副刊上看到我写的一篇散文,里面有两句话跟彭小伟发她的短信一模一样,彭小伟这才慌了。丰亦柔把他大骂了一顿,说他是个骗子,从头到尾没有一句实话。她可以容忍彭小伟没文化，但不能容忍他说瞎话。彭小伟对我一稿两投的做法很不满，说我把他好不容易树立起来的形象都毁了，让我赔偿损失挽回影响。我说，关于这个问题我讲三点：第一，你本来就没啥形象，四舍五入都到不了一米七，还他妈长那么丑。第二，就算你真的有点形象，那也是我把你扶持起来的，你充其量也就是个石敬瑭或者溥仪。第三点也是最重要的一点，丰亦柔生你气其实是件好事，她要不在乎你，才不会跟你生气，她生气只能说明她在乎你。

我一席话说得彭小伟无言以对，想了半天说，可是她现在不理我了，我怎么办？

过了两天，我带着一个士官去 E 站采访彭小伟。由我兼任台长的基地电视台刚刚成立，需要很多新闻节目。我们忙了整整一天，把彭小伟拉着在 E 站营区一顿狠拍，还采访了站长、政委、技术室主任和若干基层官兵，让他们谈对彭小伟的看法。他们在摄像机前兴奋而紧张，根本不知道已经惨遭利用。我此行的主要任务是把丰亦柔拉到镜头前面，这时候她不能再说彭小伟是恋爱中的骗子，而是面带微笑地讲述她跟彭小伟共事的点点滴滴，讲得非常好，镜头感比所有人都强。剪素材时，丰亦柔的镜头我基本没动，一起放在《科技尖兵风采录》里播了出来。本来我还照着007电影的样子给彭小伟弄了个片头，可副主任审看时说怎么看怎么像个小偷，只好放弃了。就算这样，节目播出后效果也很好，当天晚上彭小伟和丰亦柔就重归于好。他给我打电话时感动得语无伦次，非说要给我买两条烟抽。我说我就是不做节目她也会跟你和好的，只不过还得多等几天就是了。

不不，我知道你是在帮我。彭小伟说，我心里清楚得很。

帮你也是应该的呀。我说，你还雪夜徒步几十公里来给我过生日呢。

其实那也不全是为你，也是为我自己。他说，我想摧残一下自己，从精神转移一些痛苦到肉体，毕竟肉体的痛苦更容易承受。不过你放心，现在我可以随便提麦青青了，她不会对我再有任何影响。我在乎的只有丰亦柔。

8

何勇结婚时我们都去了。林静没去。不去也无所谓，反正何勇也不跟她结婚。何勇本来不想摆酒，领导把他找去谈了一次话，告诉他这是政治任务，必须通过婚礼来消除影响杜绝流言，让群众都知道他跟文小花是自由恋爱，而不是别的什么。

婚礼上，何勇请彭小伟当他的伴郎，这样他会显得更加高大英俊。我替彭小伟陪着丰亦柔，不停地对她说彭小伟的好话，说她绝对是彭小伟真正的主宰。

我可没觉得他有你说的那么好。丰亦柔笑笑，我觉得他挺笨的。

笨是笨，可是忠诚。我说，你知道什么叫愚忠吗？

为了证明我的观点，等彭小伟陪着新郎新娘过来敬酒时，我拿起一只红酒杯倒了一满杯"草原风情"递给彭小伟，让他给丰亦柔表忠心。那杯酒差不多有半斤，反正打死我我也喝不下去。彭小伟二话不说，接过杯子开始猛喝，喝到一半停下来喘口粗气。丰亦柔后悔了，跺着脚上前要夺杯子，可隔着个桌子抢不到，等她绕着桌子跑过来，彭小伟已经喝完了。他举着个空杯子，紧闭双眼，五官以鼻尖为中心紧缩成一团，像是被电打了一样一动不动。这个姿势持续了大概五秒，然后猛地转身，口中喷射出大量液体，接着一屁股坐在了地上。丰亦柔狠狠冲我胳膊打了一拳，跑上前去扶彭小伟。后来彭小伟说，丰亦柔好几次都说陈宇这人太坏了，让我以后少跟你来往。彭小伟自然不会这么想，他认为这是我为他安排的苦肉计，这一招有效验证了丰亦柔是心疼他的，对我感激涕零。

  婚宴的后半段我接替了伴郎，陪着何勇夫妇敬酒。他始终面带微笑，但显然，那笑容来自嘴唇而非心脏。自从那天晚上给我过完生日，他的手机号就换了。换了手机号不久，何勇又来找过我一次，情绪非常低落。他说自己都想不通文小花怎么能找得到这片沙漠，他以为这里是个最封闭也最安全的地方。的确很神奇，因为我们的通信地址都是保密的，从字面上根本看不出基地的具体方位。文小花那年应该刚好三十岁，看上去眼角有细细的皱纹，但依然漂亮，称得上是一个性感美少妇，特别是笑起来的时候，显得纯朴善良，让我无法将她与何勇口中描述的形象对接。按何勇的说法，她随身总带着一把水果刀，声称如果何勇不要她的话，她就立刻死在这里。她的鲜血会满地流淌，沙漠上空将飘荡着一个新的倩女幽魂。

  你就叫她死去好了。我说，她也就吓唬吓唬你。

  吓唬我没事，关键是她吓唬我们领导。何勇摇摇头，领导是最容易被吓唬住的，他们不可能允许自己单位出现任何事故案件苗头。

你要实在不愿意,那就只有转业了。我说,这时候你提出来转业,领导肯定不拦你。

那代价太大了,我承受不了。基地至少工资高,百分之九十八的地区补助。再说我父母身体又不好,家里就指着我呢。何勇说到这儿哭了,我真是没办法了,我真的不知道该怎么给林静说。

好在参加婚礼的其他人并不在意这一切。也许正是这样,婚礼才会盛况空前,大家都想看看那个身怀利刃的奇女子到底是何等模样。从后续的群众反映看,大家对文小花的印象都非常好,说一看就是个会过日子能持家的女人。我倒是想,要是我遇上这种事会怎么办?这个问题相当棘手,我一直也没想出来,直到有一天我看见何勇和挺着大肚子的文小花在营区散步,我又笑自己想多了。以前我以为沙漠里的生活过于枯燥,谈恋爱一定是最好的业余活动,现在看并不是那么回事。沙漠其实不是个适合恋爱的地方,它过于粗糙也过于干燥,而在我的想象中,爱情怎么也应该是毛茸茸湿漉漉的。

我跟彭小伟交换过看法,他表示不敢苟同。至少他跟丰亦柔爱得很仔细也很热烈。我问他俩的关系发展到哪个部位了，他拒绝回答。我说以我对他的了解，这种无声的态度已经说明了问题，我需要关心的不应该是哪个部位，而是哪种体位。彭小伟说我总是把事情讲得那么庸俗。我说这不是我说不说的问题，爱情本身就很庸俗，你以为唯你独享的东西其实无数人都有一份，爱情的问题就在这里。

何勇结婚前，林静休假了，休得很长，长到我都以为她调走了。有一次我去卫生队找他们教导员，结果在门口遇上了林静。她看上去心情不错，似乎完全没有受何勇的影响。那一刻我心里突然一动，说有时间请她吃饭，我不是客气，而是真想同她坐坐，也许我们会聊点开心的话题，或者再去她宿舍里恢复一些往日的温存。

谢谢你，不用啦。她笑着看我，我有约。

我没问她是谁，在基地这种事根本不用问。在何勇继续陪文小花散步时，林静也跟军务科一个参谋出现在同一条马路上。那参谋跟我很熟，长得精神，人也不错，这让我微微有些失落。那个春节休假时，我没怎么出门，父母催我出去相亲，但没一个相成的。只有一个姑娘见过两面，主要是因为第一次见面时我没说清楚我究竟在哪里当兵，第二次我告诉她，我们那个空军基地非常神秘非常牛×，永远不可能出现在地图上,她可以在网上搜索一下"巴丹吉林沙漠",基地就在其中某处。我不知道她查了没有,因为我们再也没有联系过。

我也没跟管雨萍联系,不知道她现在在忙什么。整个假期我没事就在家上网,这一定是世界上最无聊的事。相比之下,我宁愿跟一个并不漂亮的姑娘去探讨文学。有一次我不小心点进去一个五彩缤纷的网站,里面有很多漂亮的姑娘坐在摄像头前。我点开一个姑娘的头像,她很热情地从电脑前起身让我看她的好身材。她穿得很少,看上去形象好气质佳作风不大正派,然而非常诱人。她让我去购买一些虚拟金币,这样就可以更好地跟我互动。我用网银买了一百个金币,她说我已经具备了会员资格,如果我再买三百金币,就可以跟我坦诚相对。等我买了三百金币再来找她,她又说我必须要有一个属于自己的虚拟房间,这样她才好进来跟我幽会,而这个房间需要六百金币。我拥有了自己的房间后,她又温柔地告诉我,出于安全考虑,我还需提供一千元钱的保证金,等她验证后,保证金会如数退还给我。

真的哥哥,相信我。她说,告诉我一个可供退款的银行卡号吧。

我明知道这他妈的是个骗局，还准备给她打钱。像是进入了某个神秘幽深的洞穴，明知道前面是条死路，最好的办法是抽身回头，却仍然忍不住想过去看看。那种类似醉酒后才有的遏制不住的冲动回想起来令我羞耻，虽然这事永远不会有谁知道。幸好彭小伟很会挑时候，他在我操作网银时打来了电话。

你在家吗？他的声音听上去很低沉，我想去找你玩两天。

太好了，来啊。我说，完了咱们一起回基地。

彭小伟在我家住了三天。我把本来要打给电脑屏幕上那女孩的钱用来招待他。我们去了平遥古城、乔家大院和晋祠，最后一天还去了五台山。上了山没找导游，只是瞎转了几个寺院。我问彭小伟要不要许个愿什么的，他说我们好歹也是军官，不能去求神拜佛。我说也是，菩萨们也不谈恋爱，估计也拿不出什么可行的办法。

出去玩的那几天，彭小伟一直不怎么说话。他休假时去北京见丰亦柔的父母，情况不大乐观。丰亦柔的母亲很清楚地告诉他，自己就这么一个宝贝闺女，她正着手在北京给丰亦柔介绍对象，她无法接受女儿以后跟着别人去外地，希望彭小伟认清形势就此罢手，不要再跟丰亦柔继续下去。

丰亦柔跟她妈大闹了一场，我再待下去也多余，赶紧走了。彭小伟说，我从来没想过会出现这种情况。我不知道她妈是怎么想的，我们好就行了，为什么非得受父母的左右呢？

　　管他们干吗，反正你和丰亦柔该干的都干了。我说，她愿意和你好就行。

　　你胡说什么呢？彭小伟终于正面回应，我跟她没那样过，从来没有。

　　那你一天到晚都在忙啥？我愣了，你确定你不是在白忙活吗？

　　你能不能说点正经的？彭小伟看样子真生气了，停下脚瞪着我，你以为我跟她谈恋爱就是为了上床吗？

　　我可没这么说。我是说，上床更能证明你们好啊。我赶紧往回找话，你可以不理她爸妈，他们无权干涉。

　　可我不想让丰亦柔为难啊。彭小伟说，看她那样子我特别心疼。

　　是她妈从中作梗，又不是你妈，你心疼个屁。

　　要是我妈反倒好了。彭小伟说，我一边希望丰亦柔跟家里斗争，一边又不愿她跟家里斗争，我不想让她难过。你知道吗，这感觉很不好。

我说，看来爱情真是种娇嫩的植物，时时刻刻都得精心伺候，就这还防不住发蔫生虫枯萎烂根。彭小伟说，为什么是植物而不是动物呢？这下把我给问住了。我们一起转乘军列进基地时，对面坐着一个高挑的姑娘。我认为她很适合我的口味，就凑上去跟她套近乎。聊了一会儿才知道，她是来基地看男朋友，他们是大学同学，男朋友是国防生，毕业后分到了基地。我稍微郁闷了一下，好在这种事我也习惯了，依然跟她聊得挺来劲。彭小伟却坐在一边看着窗外广阔又熟悉的沙漠，一言不发。下车时，女孩的男朋友正在站台上等着，两人一见面就紧紧拥抱在一起，小伙子哈哈大笑，抱着她转起圈来，她快乐地尖叫着，长发飞散。很多人停下来看，一个个面带微笑。我也想看看热闹，可彭小伟低着头只顾往前走，喊都喊不住。我追上他，再回头看那女孩，她还在笑着，看上去那么年轻。

9

和彭小伟一起归队的那个夏天，我们的母校院系调整，新成立了一个研究所，需要补充部分科研人员。我们老队长在研究所当副所长，负责招兵买马，知道彭小伟干得不错，特地给他打电话问他想不想去。

我要去了，丰亦柔怎么办？他说，领导肯定也不想让我走。

以后想办法把丰亦柔调去呗。我觉得彭小伟的想法很幼稚。我替他分析，西安好歹也是大城市，要是他调去院校，丰亦柔的母亲很可能就会改主意了。

什么非北京不找，那就是个借口。要是你在上海在广州她未必会这么说，不就嫌你在沙漠吗？我说，她要认定你随便往哪儿一站，地上都会滑下一堆沙子，当然不可能同意。

丰亦柔怎么说？看他一直没吭声，我又问，她什么态度？

她说她支持我去。彭小伟沉默了一会儿，可她是哭着说的。

那次以后，彭小伟再没跟我说过这事。我问他，他总说还在考虑。有一天队长给我打来电话，告诉我彭小伟回复说不去了。

太遗憾了，我们就需要他这种有部队一线工作经验的人才，真不知道他怎么想的。队长叹口气，你能不能再劝劝他？机会错过，可能就再也没有了。

正好何勇儿子百天，我们几个聚了一下。何勇胖了一圈，抱着儿子一晃一晃的，很热情地招呼我们。文小花恢复得不错，看上去更有风韵。何勇跟我碰杯时似乎不大好意思，或许是他有点后悔当时给我说得太多了，因为他现在看上去心情愉快。彭小伟一直在喝饮料，他左手小指缠着纱布，说指头割伤了不能喝酒。我问他怎么弄的，他笑笑说也没怎么，就是不小心弄的。

丰亦柔怎么没来？

她要加班，我就自己来了。看我盯着他，他赶紧又说，其实也没加班，她就是不想来。

我不关心丰亦柔到底为什么不来，她不在我劝起彭小伟来更方便。我又给他说了很多调去院校的好处，可他最后把我打断了。

我知道你是为我好，可我已经决定不去了。他很认真地看着我，在这儿难道不好吗？我有爱情，有友谊，有成就感，不就行了吗？

丰亦柔不想让你去，对吧？

没有。她说我要想去她绝对不会拦着我。彭小伟说，你不了解，她真是很在意我的。

我一直记着彭小伟说这话时的样子。给我的感觉不像是在重述丰亦柔的话，而像是在说服自己。我不知道为什么会有这种感觉。类似雷达波束，看不见也无法描述，但我知道它的确存在。

就在那年秋天，胡杨开始泛黄，黑河开闸放水，那是沙漠一年中最宜人的季节。大量闲得蛋疼的城市男女蜂拥而至，当地管理部门不得不在成片的胡杨林四周拉上了铁丝网。不过对我们这些穿军装的土著来说不是问题，我知道哪里有最好看的地方。一个天气晴好的周末，我带着科里的单反相机去给彭小伟和丰亦柔照相，指导他们在金色的树冠下摆出各种造型和表情。为了给他们留下精彩的瞬间，我不惜跟条狗似的在地上连滚带爬寻找最好的角度，搞得连内裤里都沾满了沙子。回去以后，我挑了十来张比较满意的放大洗了出来，然后叫人捎给彭小伟。收到照片那天，他给我打电话表示感谢，又替丰亦柔感谢了一回。感谢完了还不肯挂电话，我问他咋了，他沉默了片刻说，丰亦柔的调令刚到，她马上就要回北京了。

她说她也不知道是怎么回事，她都打算要和我领证了呢。彭小伟说，估计是她爸妈怕她不同意，瞒着她在办这事。

她这么给你说的？

大概就是这意思吧。

放他妈的狗屁!

说完,我俩都沉默了。

你立马把那些照片给我还回来。好一阵我才说,听见没?我不给她照相,我他妈的不给她照!

照片当然没还给我,那不过是我的一句气话罢了,况且丰亦柔已经把它们塞进了自己的箱子一起带走了。调令也是命令,不可违抗,不论这调令生成的缘由为何。彭小伟让我别生丰亦柔的气,虽然她调走了,可他们又没分手,暂时的分开其实也是对爱情的一种考验。他大概以为爱情相当于装备性能测试,专门拉到高温高湿高盐或者像沙漠这种多风多沙又极度干旱的地方检验技战术性能和元器件参数。我不认为爱情能经得起这种折腾。那阵子我突然明白爱情为什么是植物而不是动物了。动物可以动。可以逃离。可以逐水草而居。植物不能。植物靠自己无法移动。它只能待在初始的地点。只能在同一个地方日复一日地生长。只能那么待着。好在它们足够顽强,当然,也略带一抹沉默的悲情。

我想彭小伟自己也明白这一点。他和丰亦柔的联系日渐稀少,就像弱水流经沙漠,也消失于沙漠。它前一秒还在流淌,下一秒就会干涸。即使如此,他们谁也没提出分手,彭小伟应该是舍不得,丰亦柔大概是不好意思。有一次彭小伟趁着去北京开会的机会去找丰亦柔,丰亦柔告诉他,她真的坚持不住了,家里催着她相亲,她将不得不去跟那些陌生男人见面,也许她会从中选择适合的一个,跟他交往一段时间,然后结婚生子,过一个女人应该过的生活。

我也想通了,大家不都是这么过的吗?她说,对不起,忘了我吧。

这么明白的话,彭小伟却像听不懂。只要有机会去北京开会(一年差不多有那么两三次),总要去找丰亦柔。他固执地认为丰亦柔并不是真的不爱他,而是迫于压力不得不这么做。我极力劝阻他别再这样下去,因为他这样搞得连我都很难受。

这能叫爱情吗?我说,完全就是上访。

你说得对。我不去了,绝对不去了。分就分吧,我想得开。他说,我不可能再去爬水塔,你放心好了。

等他再去北京出差,我在站台上提醒他,想忘记什么就应该远离什么。他点头称是。走后没几天,有个晚上,他忽然给我打电话,听上去很吵,应该是在马路边上。

陈宇,我又去找她了。我是不是很没出息?彭小伟的声音在嘈杂的背景中显得无比微弱，你要在就好了，你应该扇我两巴掌，这样我会好受点。

等你回来我再扇。我语重心长地说，这次真的傻×了吧?

是。她让我以后别再来找她了，她不想再见到我。彭小伟声音抬高了点，你说怪不怪，我听了也不怎么难受，倒像是松了口气一样。

这有什么。我说，弱水三千，你可以一瓢接一瓢地饮。

彭小伟从北京回来那天晚上，我在生活区给他接风。他左手小指还是弯的，医生说这根指头基本丧失了功能。之前他总说那是自己不小心用裁纸刀割伤的，可那道白色的疤痕却像个虫子似的弯弯曲曲。他说，有次他去加班，丰亦柔在他宿舍看电视，闲着没事帮他收拾衣服，结果在衣柜最底层发现了一个大信封，四周用订书机密密麻麻钉了一圈。打开一看，全是麦青青的照片和信。他们为此大吵一架。彭小伟早就告诉过丰亦柔他和麦青青的事，可丰亦柔认为他留着这些东西说明他心里还想着她。彭小伟百口莫辩，一把抓起桌上的玻璃杯朝着自己的左手小指猛砸下去。杯子碎了，指头上的血管和肌腱也断了。

血把我的衣服都染红了，想想还真挺吓人的。她那会儿从背后死死抱着我,哭着说她从不怀疑我爱她,她也爱我。彭小伟举起左手,盯着那根蜷着的小指看了一会儿说,你能说,这不算爱情吗?

途 中

酒 泉

光的传播速度大约三十万公里每秒,那目光呢?这无法生成波和粒子却能于顾盼间胜过言说的存在。他回答不了脑子里突然冒出来的问题。正如他经常站在戈壁滩上遥望星河,却无法回答"无限"究竟是什么意思一样。他只知道从瞥见那半张脸开始,接下来几个小时的旅途成了瞬间从嘴边掉到脚下的冰糕——看着还在,只是无法继续享用了。

要是搁在旅部大院,他会立刻从最近的路口拐走,避免产生任何形式的接触。万一在办公楼走廊这种不利的地形遭遇,他第一选择是钻进卫生间,来不及的话就掏出手机假装通话——总的原则是既不能视而不见,也一定要敬而远之。现在不行。车门已关闭,狭窄的车厢连接处没有供他躲藏的

途 中

地方。仿佛树叶飘进河水,开始了某种既定的流程,在到达下一站之前他不可能脱身。当然,也没那么绝对,如果他砸碎车窗、劫持乘客或者去卫生间抽烟,整列车都将为他减速甚至停下,问题在于,他只是个普通人。这就怨不得别人了。他后背靠着车厢壁板,察觉到眼下这进退两难的处境微妙而熟悉,但一时想不起在哪里遇上过,要么就是他一直都处在这感觉之中。他寄希望于自己看走了眼,然而对于熟悉的人,口罩差不多是透明的,构不成有效的伪装。何况还有那花白的寸头和额角的疤痕呢?一切迹象都表明,坐在车窗边的那个人不会是别的任何人,因为那人和任何人一样虽然普通却又别无替代。所以他不得不承认,这是一次沮丧的偶遇,而那人的确就是唐风。

等到一同上车的乘客们鱼贯进入车厢,他又犹豫了片刻,才硬着头皮推起箱子往里走。倒霉。他无声地嘀咕着。×。他继续嘀咕。而刚才在站台上,他还为买到了这张D2742次车票暗自庆幸。尽管只是一张候补到的二等B座,也比慢吞吞的快车要强。二等B座,意味着他将被两个陌生人夹在中间,连胳膊都没法往扶手上搭。尤其在这穿着短袖的夏天,皮肤汗津津地粘在一起,想一下都让人硌硬。可至少它快啊。下午一点多在酒泉上车，五点就能到兰州，不耽误去赶今晚到西安的最后一班高铁。那趟车的票他已经买好了，是他想要的F座。F座按说并不难买，铁路公司规定，车票可提前一月预售，只要早点下手就没有问题。然而旅里规定，营级单位主官休假须提前一周报旅首长审批，这就成了问题。要是等批下来再去买票，票早没了；要是提前买了票，假又可能批不了。到戈壁滩这四年，每次休假前他总得退个两三回票。这次也是。三月初教导员探家回来他就打了请假报告，结果被参谋长驳回，让他带队去搞雷达机动组网演练。他是营长，没什么可说的，于是从甘肃到青海，又从西藏到新疆，兜兜转转几千公里回来，两个月过去了。接着再请假，又赶上战区要派工作组来旅里调研，旅长点名把他这个前作战参谋提溜到机关，又搞了半个多月的汇报材料。好好整！旅长用力拍他的后背，整好了就让你回去！那会儿谁又能想到工作组前脚刚走，疫情后脚又卷土重来了呢？

　　时间就是这样拐着弯儿过去的，形如戈壁上那些干涸的河床。直到今天早上七点从营部院门开出来，他才确定这次是真的可以离开一阵了。"勇士"车在戈壁滩上颠了四个小时，为的就是赶这趟车。现在他却觉得手里这张车票烂透了。

二等B座。二B。简直就是关于他最为精准的写照。早知如此不如买个硬卧,一觉睡到兰州拉倒。他那么着急干啥?西安等待他的又不是什么喜闻乐见的好事情。他有点后悔没从车厢另一头进来,那样他看到的将会是乘客们的后脑勺,而不是芨芨草一样支棱着的一丛丛目光。不过本质上也没什么区别。他还是得按票上车、对号入座,还是得跟他避之唯恐不及的那个人一起待在这密闭良好又快速移动的金属笼子里。没办法。遇上什么由不得他选。永远都是这样。

坐在窗边的唐风方才还在低头看书,这会儿却望向了他。目光这东西果真和雷达波一样能够传输信息和能量。有时你会感觉有人盯着你看,回过头果真就发现有人盯着你看。有时你会盯着别人看,而那个人大概率也会向你转过头来。很诡异,但确实如此。唐风眼角堆起了笑纹,他却一点儿也不想笑。虽然戴着口罩,但笑与不笑还是能分辨出来。面孔是一个整体,人不能两次踏入同一条河流,也不能一次展露两张面孔。那他是笑还是不笑?他不想笑。没什么可笑的,但出于上下级的礼节考虑,他似乎应该笑一下。平时不笑可以,这会儿不笑,很容易被人家——或者说被自己——视作势利小人。唐风的转业命令刚批下来,你就不笑了?这样不好,再怎么说，人家也是你的首长。那就礼节性地笑一下？可是唐风好像已经笑完了，自己这会儿再笑是不是太过刻意而显得虚伪呢？啊，真他妈的……都四年了，他认为自己已经修炼出了些仙风道骨的模样，怎么还藏不住这条庸人自扰的尾巴呢？

首长好。他踩着沙粒般细碎的纠结挪到了唐风身边，含混地打了个招呼。如果这会儿不是下午，很可能会被听成"早上好"。其实叫不叫首长都无所谓，反正全旅都知道，唐风不再是本旅的上校副政委兼纪委书记，而是一名刚脱下军装的转业干部。最初听到这个消息时他颇感意外，因为年初开始，大家——尤其是他们老六十团的人——都在传唐副政委很快就要提升为基地政治工作部大校副主任了。去旅部开会时，他在办公楼前厅亲眼看过张贴在白板上的任前公示。"唐风拟任大校、师级副职"。三号仿宋字写得很清楚。唐风的目的终于达到了，虽然熬的时间长了些，但终究是达到了。那会儿他是带着点鄙夷这样想的。可接下来没多久，飞速传播的消息突然掉了个头，大家又开始谈论唐风为什么要提出转业的事了。很奇怪。他从来没听说还有谁这么干过。全基地范围内，像唐风这样有着四年团政委和四年旅副政委履历的上校军官屈指可数，眼看已经跳过师职这道龙门时却急流勇退，难免令所有人错愕不已。这百年不遇的反常决定很容易让人往暗处想，事实上他也听到不少关于唐风的议论，有的说唐风得罪了某位领导，有的说唐风跟某项经费有瓜葛，还有的说唐风在老家的某个过硬的关系马上要退休了，再不回去以后就很难安排到实职岗位上去了云云……但是真要仔细求证，这一切又都成了捕风捉影的段子。我也是听人说的。大家都会这么讲。但不论怎样，唐风转业却是真的，退役文件他看过，和此前那份提升公示一样，依旧是不容置疑的三号仿宋字。作为多年的部下，他有时会替唐风惋惜。同样作为多年的部下，他有时又会生出些幸灾乐祸之感。他讨厌这种混乱的感觉，进而有些讨厌自己。可能是自认为已经看明白了很多事情，可他揣度的唐风依然没有落入他的揣度之中，这不能不让他生出些挫败感。

拉杆箱放上行李架，接着就该坐下了。相对于 A 座的唐风，C 座当然是最佳选择，可惜那不是他的。好在到达张掖之前，C 座的主人不会出现。尽管 C 座距离唐风也不足五十公分，那也比挨在一起要好得多。一时间，他几乎对这个尚未出现的 C 座感激起来。

有意思。唐风看着他,我就感觉今天得遇上个谁,果不其然。

他没吱声,只是在口罩背后咧一下嘴,给眼角供应了几丝表示笑意的皱纹。

探家?

呃……算是吧。

算是?唐风笑出了声,看来还有别的安排。

也没啥。他否认,就是回家看看。

两年没回了吧?

是,马上两年了。

你父亲恢复得咋样?

他愣一下。四年前跟唐风谈崩了之后,他就不再想跟这个人有任何交道了,哪怕他依然是自己的首长。当然,客观上他们也没有太多说话的机会。唐风是政工首长,而他是作训科参谋,属于军事干部,工作上没多少交集。去年初他提任二营营长,营部距离旅部将近二百公里,平时就更见不着了。他不可能给唐风讲父亲手术的事。那是相对亲近的人才会透露的私事,而他和唐风早已经疏远了。

还可以,就是化疗反应大点。他说完又觉得后半句纯属多余。问啥答啥最好，否则很容易在不经意间给对方提供新的谈资。他不想这样。

嗯，确实是这样，化疗的附带损害也挺大的。你嫂子前两年做的乳腺癌手术，化疗三次就撑不住了，只能吃吃中药。

他脑海中闪过一个女人的模样。皮肤很白，眼睛很大，脸上带着笑意，说一口好听的浙江普通话，不时会用手拢一拢头发。在老六十团的时候，他差不多每年都能见到她一次。第一次见时，唐风在营里当教导员，正好赶上迎接北京来的工作组，就让军校刚毕业在营部帮忙的他去接站。他到现在还记得自己站在西安火车站广场出站口，手里举着A4纸打印的名字，然后看着很纤弱的她穿一身红色运动装向他微笑着走来。当时她一手抱着两岁的唐越秦，一手拖着有她两个宽的行李箱，身上还背着个硕大的双肩包，极其干练的样子。可能是他第一印象留得不错，之后每年来队，他都没少去蹭饭。尤其是她做的鱼——他一个陕北人本来是不吃鱼的，怎么做都觉得腥，唯独她手里出来的，他一次能吃掉半条。不过自从全团移防到了河西走廊戈壁滩，他就再也没有见过她，也再没吃过那样好吃的鱼了。也许他们移防的时候，她身体已经不好了？可他之前却从来没听别人说过这件事。即使他那会儿正恨着唐风，记忆也不会屏蔽这么重要的消息。要么只有一种可能，那就是唐风从来也没对别人说起过。

现在没事了吧？他在大脑自带的词库中扒拉了半天才找出这么一句，嫂子她？

还行吧。唐风停了停，王志坚在你们那里还可以吧？

我们教导员很好啊。人不错，能力也强，在营里有威望。不像我，喜欢骂人。他说，不过我俩配合得还挺好，沟通没啥问题。

他是柔一点，你是刚一点，刚柔相济倒也挺好。唐风像是在没话找话，我三月份去你们营里蹲点，你正好出任务去了，我看大家对你评价还是挺高的。

那是嘴上，心里估计都在骂我哩。他不想顺着唐风的话杆爬，光那几个站长都已经被我骂过几轮了。

对了，唐风轻笑了几声，你上次带队出去演练的总结写得不错，我认真看了几遍，一直想给你讲的，结果忙忙叨叨地没顾上。前面写得都非常充分了，几个要点总结得也很精当，主要是最后意见建议那一块，要是把第四条和第五条再完善一下，就是个相当有水准的研究成果了。我感觉这两条还隔着一层，还没跟实际操作层面打通，你得找根针把它扎透了

途 中

才好。

几个月前写的总结报告，猛一提起来他自己都记不太真切了，唐风却说得那么清楚。不过这话从唐风嘴里说出来倒也不意外。早在老六十团的时候，唐政委的脑子就跟秦始皇兵马俑一样出名。每次给上级工作组汇报从来不用稿子，特别是首长岔出汇报稿子提问题时总能一二三四说得滴水不漏，听上去比稿子写得还清爽。而他见过太多领导，离开稿子立刻就磕巴起来。这倒不算稀奇，最神的是不论干部战士，但凡唐风见过一面，下次笃定能叫出名字。有一年秋天，唐风代表团党委首长去车站送机关和直属分队的退伍老兵，几十个戴着大红花的老兵列队站在那儿，唐风居然能一个个叫出名字，然后同他们一一敬礼握手。他那会儿紧张得直冒汗，生怕哪个老兵的名字卡在唐风嘴上下不来。在他看来，那完全就是件自找麻烦又毫无可能的事。万一忘掉一两个名字，洋相就出大了。可唐风居然一个不差地叫出来了，让那帮被叫到名字的老兵一个个激动得满脸通红。神倒是神，但细想起来似乎也没什么用。就像此刻，他并不会因为唐风记着自己的报告内容而心生感激一样。

我这个烂水平，也就能弄到这个份儿上了。他知道唐风说得没错,可就是不想附和,这时候自黑是种不错的拒绝方式。

也不着急,一个建议而已。他还没想好怎么接话,唐风已经将头转向了窗外。宽阔的戈壁滩漫向淡蓝色远山,在午后的阳光下泛着刺眼的白光。

谈话暂时告一段落,然而堆积在B座上的沉默似乎比不投机的交谈更令人局促不安。他应当想到的,只要唐风在旁边,说不说话他都一样如坐针毡。他把头探到走道里张望着,那样可以离唐风远一点,可惜收效甚微。目力所及之处人人各安其位,除了偶尔的电话铃声和婴儿啼哭,所有人似乎都在昏昏欲睡。他收回脑袋摸出手机,有几条新消息。教导员问他发车了没有,并祝他一路顺风。副营长请示他营部和各站的取暖锅炉是不是要提前组织一次检修,免得再发生去年十四站那样全站挨冻的事。马参谋发过来一张配偶子女信息表格让他填写,接着又说其实他不用填。修理连赵连长说他堂哥在西安开茶叶店,要用车的话可以随时帮忙。营部文书则发过来一张他办公桌抽屉里一袋黄油饼干的照片,说马上过期了,问他还吃不吃。

谢谢,已发车,家里就辛苦你了。可以,你看着安排吧,费用要认真谈一下。你知道不用发,那就不要发。谢谢,不用麻烦，打车很方便，你把连里的事情搞好就行。想吃就吃，不要给我抖机灵。他一一回复，多少可以消磨掉一点唐风带来的沉闷时间。来信的都是他营里的人，每一个都很熟悉，但他仍旧保持着他认为应当保持的距离感，所以在营里他很少会笑，而微信中也从不使用任何表情。当营长一年多来，他的交际基本局限在二营范围内，营部围墙外方圆二三十公里内顶多有三棵树和六户牧民，而从前老六十团一营的围墙外面有一个大镇，少说也有五万人。至于团部就更不用说了，离西安钟楼的直线距离也就三十公里，但现在想来又像是在三十光年之外了。

在营里，这时候他应该刚刚午睡醒来，头一件事是拿着脸盆去水房接上半盆水，然后把整个脸浸进去。必须浸，光洗不行。不然的话，稍微咧一下嘴都会感觉皮肤裂成碎块。这是四年里他掌握的"生活小妙招"之一。捡石头也是，他刚到戈壁滩没多久就学会了。戈壁滩上捡石头是项非常好的业余活动，既能锻炼眼力、积累步数，又能打发掉日落之前所有空闲的时间。除了战备训练、开会学习、吃饭睡觉之外，孤悬世外的小小营院经常塞满了等待处理的时间。种类繁多的戈壁石中，他最喜欢玛瑙，这种源自海底火山的漂亮小石头他捡过不少。为了被他捡到,这些玛瑙已经在此等待了上亿年。认识到这一点会让他捡来的石头变得珍贵一些。他曾用几十颗红色小玛瑙给方蓉蓉做过一个手串,光是找材料就用掉了他两三个月的时间。方蓉蓉收到后给他发来了一张手串的照片,但像一个漫不经心的淘宝买家一样,确认收货后没有给出任何评价。至于夜晚,会比白天凉快得多,而且大多时候都异常晴朗,最适合的活动是看星星。他在老六十团的时候从没见过如此灿烂的星河,那地方能看到的只有远方城市上空发红的灯光——不过一次也不能看得太久,毕竟人是有限的,一旦陷入关于无限的迷思中,很容易让他整夜都无法入眠。

放下手机,唐风还在看外面。趁着这个机会,他俯身从座位下面扯出双肩包,把 Kindle 掏了出来。坐在唐风旁边他不可能看得进去书,但他需要一个合适的道具来掩饰尴尬,或者巩固一下互不干扰的现状。

这东西好用吗?刚刚开机,唐风就转回了头。

还行,我感觉挺好用。像地铁……火车上都挺方便。

我也买过一个,怎么也用不惯。比如有些老版书扫描的 PDF 文件,放进去以后字特别小,根本看不了。

直接拷进去肯定不行，得处理一下。他有点卖弄地打开Kindle——如果只是这种轻松的话题，聊聊也未尝不可——伸长胳膊递到唐风面前，我这里也有不少PDF，你只要下个PDF软件，把页面四周的白边都给裁掉再拷进来，然后在设置里面选择横屏，这样看起来就没问题了。

哎，还真可以。不过对我来说字号还是有点小，岁数大了，眼睛越来越花了。唐风凑过来看了几秒，这东西还得是你们年轻人用，我还是看我的纸书吧。

哪儿还年轻啊，我这岁数，转业都没人要了。话一出口他才发现不妥。在一个转业干部面前提转业，跟在自己面前谈爱情一样不合时宜。

你一个八八年的人，还是十二月份的，搞得这么老气横秋干什么？唐风抬眼看他。他熟悉这种略微斜上的目光，只有严肃时唐风才会这样。斜面意味着尖锐和锋利，火炮身管和雷达天线的仰角无不如此，有好几次他都这样被盯着看，直到自己原本圆满的生活被切削得惨不忍睹。那歪七扭八的形状大概就是唐风想要的吧。好在这一回，唐风只是将这目光亮了一下便收了回去，我都四十五了，还没你胸闷气短呢！

那不一样。他又忍不住了，你级别高，又是领导，地方上总得安排。赵副旅长去年回去不就安排了一个什么副局长吗？跟我们这种级别低的不是一回事。

我不用安排。唐风靠回到椅背上，眼角又带上了笑意，我可以自主啊。

他也笑了。这是个显而易见的玩笑，不笑肯定不合适。包括他在内的所有军官都清楚，"自主"是"自主择业"的简称，它意味着军官在转业时放弃地方政府安置，而以领取退役金的方式来替代一份体制内的工作。这倒也没什么新鲜的，每年选择自主择业的军官有的是，但在他印象中，像唐风这样家在江南又履历过硬的却从未有过。他多少也听说过，在富庶的浙江，一个普通公务员的月收入也远高于退役金，更何况还有体制内的身份呢？对很多人来说，这东西可能比收入更具诱惑。所以在他，或者在任何一个脑袋正常的人看来，无论从哪个角度出发，"自主"都不应该成为唐风的选项。

笑啥？不相信？唐风说，我真的自主了。

我知道了。他愣了好一阵，又恍然大悟，你是打算回去自己创业吧？开公司做老板？

你看我是那块料吗？唐风笑得眼睛都眯了起来，我做饭还差不多。或者哪天有时间了，弄个自行车一边骑一边看，一直骑到西藏去。上大学的时候我就做这个梦,结果一晃二十多年,到现在也没落实。

那这次回去就有时间了。他想问问唐风为什么放弃了提升,可他想不出一个合适的问法,只能淡淡地接了一句。

嗯。唐风像是呆了呆,是啊。

我去个厕所。趁唐风还没找出新的话头,他赶紧起身朝车厢头上走。那儿正有几个人在排队,这很好。他后背都湿透了,他得一个人待会儿。

张　掖

看似绵延无尽的戈壁其实仍有尽头,就像四处流淌的火山熔岩也终有冷却的一天,需要的只是足够的时间和空间。透过车窗看过去,起初是一丛又一丛灰绿色的骆驼刺零星点缀在戈壁滩上,让他想起熟悉的荒漠迷彩服。随着列车向东,这些耐旱的荒漠植物也越来越多,像画笔在画布上左一笔右一笔地涂抹着,直到这些富含叶绿素的颜料大面积覆盖住戈壁滩略带焦黄的底色。葱茏的草木和田野默不作声地开疆拓土,成功割据出一片丰饶的绿洲。

快到张掖了。他知道的。事实上在河西的几个城市中，他对张掖印象更深。印象并非来自他最近四年的戈壁生活，而是更早的一六年。那个夏天，他和方蓉蓉曾自驾来过这里。方蓉蓉用她那辆红色比亚迪载着他从西安出发，几乎每个高速服务区都要停下来看看能不能充会儿电。那会儿他还没有驾照，现在也没有，原因是他总腾不出整块的时间去驾校学车。而方蓉蓉虽然号称老司机，却还处在经常把雨刮器当成转向灯的阶段，所以一路上他们都有些紧张。不过从另一个角度看，这倒是给旅行增加了几分冒险色彩。若按他的想法，他更希望方蓉蓉把车开到陕北去见见他的父母，但也只是想想，他不会主动提出来，以免方蓉蓉拒绝而让两人都变得不舒服。他很清楚地意识到，两人的关系当中他是弱势的那一方，因为他喜欢的不仅仅是方蓉蓉本人，同时也喜欢方蓉蓉户口所在的这座十三朝古都。但这似乎也没什么不对。他完全可以认为这二者是一体的——有了前者就将拥有后者，反之则一无所有。所以方蓉蓉想去张掖看丹霞，他立刻表示赞同，虽然他觉得那些发红的山岩并不比陕北黄土高原好看到哪里去。

整个行程中，他的主要任务是给方蓉蓉照相。每拍几张就把相机递上去请方蓉蓉过目，而她总是很不满意，于是摆出同样的pose（姿势）再拍上许多张。每天晚上回到酒店，他都要拿着单反相机往笔记本电脑里导照片，而方蓉蓉会在里面挑选几张，修上一两个小时图之后发在朋友圈。有时候他会为此烦躁，但不会表现出来。这其实也没什么，谁没有一点让别人不舒服的习惯呢？哪怕是自己，也常会让自己不舒服呢！再说，那趟短暂的旅行——那也是他和方蓉蓉唯一一次远途旅行——还是留下了一些不坏的回忆，比如好吃的酿皮，丝毫不亚于西安的凉皮，还有看起来不怎么卫生的"炒拨拉"，切成细丝的牛羊内脏在一只大鏊子上翻炒，再配上冰啤酒，简直就是人间至味，可惜方蓉蓉不喜欢，还没吃过瘾就提前撤了。再就是始建于西夏的张掖大佛寺。方蓉蓉没在大殿里照相，她觉得光线太暗，背景又过于严肃，跟她的时尚风格不搭。他一直记得以手撑头侧卧于殿宇之中那巨大的释迦牟尼涅槃像。据说佛头内部其实是一间密室，供僧人们在战乱中存放宝物。这种十分确凿却又能引发遐想的事物素来是他喜欢的，类似城市，类似方蓉蓉，也类似他曾经接近理想的生活。

相比之下，离旅部更近的嘉峪关和离营部更近的酒泉他则陌生得多，就连著名的嘉峪关城楼也只曾远观而从未登临。

按说他应该去看看，可不知道为什么，他总是不自觉地回避，仿佛只要不去靠近，就可以视为不存在似的。或者说，这些从前只在书上看到过的地名和景观天然带有萧瑟苍凉的气息，仿佛落日余晖会让他看到自己匍匐于砾石间的长长影子，进而生出些茕茕孑立、顾影自怜的贬逐之感。

他本来是可以不来这里的。他一直这么认为。在老六十团移防之前几个月，基地参谋部雷达处的齐副处长就给他打过电话，说准备让他去机关帮助工作。齐处对他一直很赏识，没少在团长面前表扬他。没过几天，借调电话真的打到了参谋长那里。他那时是作训股长，参谋长虽然不太情愿，但毕竟是上面要人，也不便拒绝。那份电话记录逐级上报，分管副团长和团长也都签字同意，只差政委点头了。那两天，他一边等着通知，一边收拾行李，丝毫没想到这事最后会卡在唐风那里。这对他不啻当头一棒，打得他好半天缓不过神儿来。这种打击并不单纯是因为他从来没有遇上过这么重要的机会——只要帮助工作表现好一些，就有可能正式调入上级机关，而这带来的最直接后果，就是他将不必跟着团队移防到戈壁滩去了——至少他是这么设想的。尤其令他难以接受的是，他不明白唐风为什么要拦着自己，因为在他惯常的感觉中，唐风一定是最不可能拦着自己的那个人。在老六十团的九年里，唐风一直对他青睐有加——唐风当一营教导员时他是排长，后来又把他选到营部当参谋；唐风当政治处主任时他是宣传股干事，也是唐风点的名；唐风当政委时他是指挥连指导员，后来上面说要试行军政主官互换岗位，唐风又力主他改任连长，全团总共就改任了他这一个主官，直到任满后又把他提升到全团最重要的司令部作训股当股长——现在拦着他究竟是几个意思？

他想不明白。他甚至怀疑自己是不是哪里得罪了唐风，可整宿没睡也没能想出个名堂，于是硬着头皮去了政委办公室。他想请求唐风网开一面。这是他长到三十岁第一次为了自己的事情求领导，况且严格说来，上级借调也并不能全算是私事。可是唐风甚至都没有表现出任何犹豫就直接拒绝了他。

这事不要再说了，最好连想也不要再想。你不用那样子看我，看也没有用的。他记得唐风用斜出锋刃的目光将他的生活斩为两段之后，又收刀入鞘，重新露出微笑，我不让你走是因为你走不了。

你不让，那当然走不了。他梗着脖子，感觉唐风的话很可笑，你让我走，我就可以走得了。

所以说你根本没搞清楚状况。唐风盯着他看了几秒，如果你认为你借调去了机关就可以不跟着团里一起移防，那我现在就可以告诉你，你想多了。咱们六十团首长机关所有人都得走，所有人是什么意思，你懂的吧？

为啥？嘴里苦涩的黏液像胶水一样粘得他几乎张不开嘴，所以只能问出最后一个问题。

因为这是你的命运，至少是你命运的一部分。

唐风又开始扯这种不着四六的淡了。听上去仿佛高僧大德，实际上也就是个酒肉和尚。老六十团刚移防合并到现在的雷达旅没几天，从团政委平职改任旅副政委的唐风给机关干部上党课时也是这样。从张骞通西域到霍去病击匈奴，从汉武帝设河西四郡到隋炀帝接见西域使臣，从西路军征战河西到老六十团千里移防戈壁，依旧是不拿稿子，就着一瓶三百八十毫升的农夫山泉讲了一个半小时。那些朝代、年号、山川、遗迹信手拈来。若不是操着一口浙江普通话，唐风听着简直就是个土生土长的本地人。台上的唐风表现出对新驻地的浓厚兴趣和新旅队的高度热情，可那他妈的能是真的吗？谁他妈的愿意从西安跑到这里来？不用带脑子都能想得明白。

那会儿他刚从团作训股长改任旅作训科副营职参谋,正在为四个干部挤在一间没有卫生间的宿舍而烦躁,唐风却在台上引经据典、东拉西扯,大谈如何调整心态振奋精神,齐心合力为新旅队建设做贡献。唐风的讲话听上去像是带着个SKP的市中心,而自己的生活只能算作农用车横行的城乡接合部。除了装×之外他没有更好的评价。所以那堂课只听到一半,他就怀着极度的厌烦从后门溜走了。

那时候他心里燃烧着对唐风的怒火,四年过去,他已经不那么生气了。事实上唐风说得也没错,这的确是他的命运。那天从唐风办公室出来后,他给齐副处长打了电话。他原以为齐处会想办法再给团里施加一点压力,可还没听他抱怨完,齐处就匆匆地表示了遗憾,然后便挂断了电话。等从最初的兴奋和最后的愤懑中脱身后,他也清醒过来了,即使唐风真的同意他去借调,留在机关的可能性也几乎为零,毕竟改革后机关的编制也大幅缩减,至少一两年之内,根本不可能再正式调入新人。他能够接受这个事实,却始终无法接受唐风对他的态度。那之前,他心里一直把唐风视作可以倾吐秘密的人,那以后他不再这样认为了。这有点像求人帮一个难度很大的忙,一个人表现得十分理解和同情,并告诉他一定会努力想办法争取，而另一个人则直接告诉他不必折腾了，因为根本不可能成功。虽然最后结果同样都是失败，但他仍会对前者怀有感激，而对后者心生怨恨。显然，这种朝三暮四的心态表明他不够理性，以至于那次谈话至今仍令他如鲠在喉。

说起来，他也听包括参谋长在内的好几个领导讲过，二营营长这个岗位有好几个实力强劲的人选，之所以最后用他，里面有唐风的原因。但野火烧过后的青草下仍能看到黑色的泥土，那是同星空与海底同样的颜色。他假装看着手里的Kindle，眼角的余光却不时扫过唐风的脸。此时的唐风正抱臂歪头靠在座椅上，不知道是睡着了还是在假寐。这倒不重要，只要别睁眼就好。只要他不睁眼，自己也可以睡一会儿——他还是做不到先于首长而睡，哪怕是已经卸任的首长——最好能一直睡到兰州。

他闭着眼睛，感觉车速越来越慢，周围变得嘈杂起来。一些人要下去，另一些人要上来，不过都同他没什么关系。忘了在哪里看到过，一个人一生中能建立稳定社交关系的人不会超过一百五十个。那唐风算不算？这又是个不好回答的问题。从前肯定算，可这四年里应该是不算的。还有方蓉蓉。

在西安时他们有空就会见面，每天都会互发数不清的微信，那时他从不吝啬使用表情，还有照片呢，光是饭堂的不锈钢餐盘他起码都拍过几百张，起因不过是方蓉蓉有一次说想看看他午饭都吃些什么。后来她则和大多数微信好友一样，除了最近几个月同他商量过房子过户的事之外，不再有其他任何互动。虽然不太想承认，他却也清楚，方蓉蓉其实已经不在那一百五十人的名单上了。看来这名单正如火车上的旅客一样，永远处在不可预料的变动之中。

咣当一声，火车终于克服了最后一点惯性停了下来。他依然把自己关在身体的小屋里，垂下的眼帘透进橘色的暖光。这是旅途中难得的惬意时刻，遗憾的是这隐秘的独居没能维持下去，有人在拍他的肩膀，睁开眼，一个小伙子正低头看着他。

你坐我位子了，麻烦让一下。

面前这家伙看上去足有一米八五，从上到下依次是橙色渔夫帽、黑口罩、白 T 恤和大红短裤，汗毛丛生的小腿底端是一双花里胡哨的运动鞋。可能是他看惯了单调的戈壁滩和迷彩服，眼前这凌乱的色块令他颇感不适。让他更不舒服的还有那痞而快的命令式口吻。他不想动，但又没理由不动，迟疑了几秒钟后，只得抬起屁股换到了唐风身边，回归他二×的本位。他坐下去时小心翼翼，特意将两只手夹在腿间，生怕不小心把唐风碰醒。可惜所有的结局都与希望背道而驰，小伙子转过身来，背后一个银灰色的大家伙差点撞到他脑袋。他本能地用手挡了一下，这才看清那是一只巨大的琴盒。他猜那应该是大提琴，不过也不很确定。几年前他曾陪着方蓉蓉在西安音乐厅看过一次演出，印象里好像有大提琴，但从未见过这东西装在盒子里是什么样。背琴小伙可能是想把琴放到行李架上，但那显然不太可能。架子塞得很满，宽度也不够，而这只从屁股开始向上延伸直到高出脑袋一截后才停下来的琴盒无疑太大了。背琴小伙继续转身，弯腰去提地上的帆布包，可座位之间太过局促，琴盒毫不意外地撞在了唐风的脸上。

这撞击声如果不是"咚"，至少也是"砰"。唐风"哎哟"一声捂住了脸。这让他又开始在幸灾乐祸和于心不忍间摇摆起来。这应该是他第二次听到唐风"哎哟"。七八年前还在老六十团的时候，团首长机关篮球队和他们指挥连比赛，唐风三步上篮，结果半空中被他连的马春山给撞倒了，额头磕在刷了蓝漆的篮球架底座上，那一回唐风也"哎哟"过。血流如注的场面吓得他魂飞魄散,唐风却捂着伤口一迭声地说"没事"。领导说没事往往意味着事情更大,所以他把犯上作乱大逆不道的马春山狠狠收拾了一顿。唐政委每次打球都让我们抢的呀,以前我不抢他的球他还专门说我没战斗精神哩。马春山辩称,我怕他不高兴,所以我就抢了。领导的客气话你还当真?他气得都笑了,你出门不带脑子的吗?没想到唐风才从卫生队出来,就顶着脑门上的纱布来了连队,嘱咐他不要批评马春山。说完还不放心似的,又把马春山叫到连部,说打球有个磕磕碰碰本来就没啥大不了的,让马春山不要有什么思想压力。唐风说话时他一直瞪着马春山,还好,这小子没有泄露自己早已被他狠踢了几脚,外加被罚打扫厕所一个月的秘密。

这次呢?他正犹豫要不要责怪背琴小伙,唐风却赶在人家道歉之前——问题是他感觉这小子压根就没打算道歉——摆起了手。没事没事。唐风打量着背琴小伙,居然还没忘了提醒人家,车厢头上有地方可以存放大件行李。

算了,还是放这儿吧。背琴小伙挠挠胳膊肘,将琴取下来放在两腿中间,一条毛茸茸的左腿斜过来挤到了他本就逼仄的空间。幸好他穿了长裤,可以用力将右腿抵住对方蛮横的扩张，同时转头翻了个白眼。不过效果并不明显，背琴小伙根本没看他，而是拿出手机戴上耳机，双腿夹着琴盒打起了游戏。

准备在西安待几天？唐风扭过脸。

又开始了。他有些头痛地"嗯"一声。该死的背琴C座。

两三天吧，现在也说不好。

对象谈得怎么样了？

不咋样。

原来那个女孩子呢，叫方蓉蓉的那个？

早分了。

噢，这样啊。唐风的手指轻敲着放在腿面上的书——一本绿色硬封的《拓跋史探》，不知道讲的是什么——像是在斟酌语言，两地确实是个问题。你嫂子跟我也一直两地，一个人带个孩子不容易，很辛苦，非常辛苦。两个人在一起，往往靠日常生活黏合，分开久了感觉确实会淡漠，这个也不能不承认。

你既然知道，为什么非挡着不让我去机关帮忙呢？如果去机关借调时拼命干上几个月，恰好被哪个领导眼光扫到，也许真的就留下了呢？哪怕只有一丝微弱的希望，我想去争取一下有什么不对？就算成不了我他妈认命还不行吗？你为什么不肯给我这个机会？！我知道啊，六十团全体官兵满怀激情、闻令而动，一人不落地整体移防大戈壁，这才是你要的政绩，这才能体现出你的领导水平，你不就是想要这个效果吗？你敢说不是吗？有那么一秒，他很想大声质问唐风，然而这些想了四年的话像粘在舌头上的药片，吐不出来也咽不下去，浓烈的苦味儿又一次弥漫开来，令他禁不住摇晃起脑袋。

你们不是房子都买了吗？我记得你给我说过买在小寨附近。唐风像是叹了口气，但隔着口罩听上去并不真切，当时我还挺高兴，觉得你们都是板上钉钉的事了。

房子是买了。他停了停，不然的话，我这次也没必要在西安停了。

什么意思？

去办个手续，把我名字从房本上去掉。她想要那个房子，把这几年我交的月供还我，然后就彻底两清了。他笑了笑，我这属于老桥段了，比起我们营里那几个闹离婚争孩子的，都算不上个啥事。

唐风"嗯"了一声便沉默了。要么是在组织语言，要么是无言以对。他认为后者的占比更大。也正常。领导本质上是为单位和工作存在的,他们解决不了太多个人问题。大多数时候,他们都像上下班高峰时段的交通警察,站在路口中央环视着一望无际的车流,他们知道每台车里都可能载有至少一个火急火燎的普通人,这个人有可能会放下车窗冲着交警呐喊抱怨,也可能只是在车里拍打着方向盘,但除了耐心等待拥堵的道路慢慢通畅,交警们也无能为力。唐风应该也是这样,唯一不同的是他可能会走到车窗前安抚焦虑的司机或者乘客,但同样无法让他们从汹涌的车流中脱身。换句话说,他们处理这类问题的工具只有一种,就是时间。这倒也没错。没有什么问题是时间解决不了的。

……对啊,在车上呢。领导让我去兰州培训……这个电话里不好说,反正学啥也比在你们那儿强。他正在等待唐风说点儿什么,C座却突然说起话来,他愣了一下才反应过来人家是在用无线耳机打电话,你们那草台班子我是不会再去了,你就好好待着吧,反正你那萨克斯吹得跟唢呐似的,也跟我的大提配不上……哎哎哎,别扯我,我不配,张干事开会的时候不都说了吗,我是羊群里蹿出来的骆驼,他早看我不顺眼了……你说为啥?因为本人是专业的,跟不上你们那帮业余的节奏啊，他自己连个铜管木管都分不清楚，还整天弄得跟艺术指导似的！

他用力咳嗽一声，C座扭头扫他一眼，大概也意识到自己嗓门有点大，于是边降了点音量，边叉腿站起来，把琴靠在座位上，溜达着往车厢头上去了。

听出来了吗？唐风朝车厢头看了一会儿，转头问他。

是个兵吧。他说，吊儿郎当的，也不知道他们领导是怎么带的。

我怎么觉得像是你营里的人。唐风歪着头想了想，十有八九是十六站的。你没见过吗？

不是吧，我从来没见过这一号。他愣一下，你从哪看出来的？

机关四月份下了个通知，从各单位抽调文艺骨干搞"八一"晚会，我记得旅里报了四个人，有一个就是从你们十六站抽的，音乐学院学器乐的在读生，没准就是他。或许是避开了尴尬的话题让唐风轻松起来，我是这么猜的，不一定是，一会儿问问看。

他完全不记得自己手底下有什么学器乐的兵，也不记得什么抽调人搞晚会的事。不过考虑到唐风那超常的记忆力，他又怀疑起自己来了。四月份他正在日喀则呢，如果真有这通知，教导员也就直接安排了，这种小事情，用不着大老远地跟他商量。何况二营下面的几个雷达站里，十六站是最远的一个，他上任后只在去年底跑过一次。那次吉普车在戈壁滩上来回走了差不多十个钟头，中间还抛锚过一次，这事儿他记得挺清楚，却丝毫没有什么"文艺骨干"的印象。话说回来，没印象也不奇怪。雷达部队就是这样，每个雷达站之间都相距遥远，一个义务兵两年服役期满都很可能没见过其他站的人。在老六十团的时候也不例外。他记得当年九站有个上海兵，复员前找到指导员，说两年兵当完了还没见过团长和政委真人长啥样，问走之前能不能见一见团里最大的官。那会儿唐风刚从政治处主任提任政委，听说这事以后专程坐了一整夜火车去了九站，跟站里每个老兵都合了张影。作为老六十团的一个段子，这事如今也没几个人记得了。不过记着又能怎样呢？他倒希望自己记忆力更差一点，好把那些当初挺开心但现在想起来就难受的事情都忘掉。要是只记得最近四年的事，他应该比现在开心得多。记忆其实是有重量的，会拉扯得他走不动路。所以他不想知道任何无关紧要的事情。每知道一件事情都像一块石头扔在水里，会让人不得安宁。

　　帅哥！C座刚走回到座位边，唐风已经仰起脸，方便问问你贵姓吗?

你问我? C座正要往下坐,闻言又直起身,居高临下地看着唐风。

对呀。

你有事吗? C座看上去相当警惕,有事直接说就好了。

没什么事情,就是闲聊。唐风一副饶有兴致的模样,我猜一下啊,你姓史,对不对?

你什么意思? C座腾地往后退了一步,我姓什么跟你有关系吗?

有那么一点关系。唐风眼角堆起笑纹,你叫史大龙,对吧?

你是谁啊? C座彻底蒙了,站在走道里瞪着唐风,谁让你打听我的?

你那么紧张干啥? 他看着瞪圆了眼睛的小年轻。史大龙。他压根不记得营里有这么一号兵。不过唐风说是史大龙,那一定就是史大龙了,是就是,不是就不是,好好说话嘛。

我怎么说话跟你有半毛钱关系吗? 绷紧了身体的C座又把目光指向了他,你又算是干吗的?

事情开始变得好玩了。他突然生出一丝快意。捉弄新兵是他从前当排长时经常干的事情,随着年岁和职务渐长,不觉间便和新兵拉开了距离。在营里任何地方，新兵如果没在他到来之前逃走的话，都会让在一边，毕恭毕敬地立正敬礼，而他基本叫不上那些义务兵的名字，只是点一点头，连礼都很少还。他清楚营里的人都有些怕他，因为他总是板着个脸，随时都会因为一点小事而大发雷霆。似乎也没什么不对。军队本就是个讲等级的地方，就像唐风一句话就能扼住他命运的咽喉，而他作为下级，只能直挺挺地站在办公桌对面让唐风去扼。不过这是列车而非军营，他只是个乘客而非营长，那么开个开玩笑应该也无伤大雅吧。

我叫高羽飞，有印象吗？他抬眼看着那张年轻的面孔，要没印象的话——

营长好！年轻的C座呆立几秒后终于反应过来了，飞快地向他敬了个礼。显然，这是十六站的兵无疑了。他看着直挺挺站在座椅边的新兵，脸有点发热。唐风认出了他营里的兵，而他却没有。

西 宁

即便仍有残留的不甘如同小股叛军一般据守于险峻的心

头,顽固抵抗他接纳整条河西走廊,他依然无法否认,祁连山冷龙岭北麓的风景此刻正源源不断涌入车窗,彻底攻陷了他的视野。无数块盛开的金色油菜田绣在如幕如毯的绿色原野上,与近处的野花、远处的雪峰以及天空那幽深的蓝,共同构成他无法忽视的壮丽。草场只是牛马的食物,油菜籽只是榨油的原料,没有人类的时候这些山峰和云朵就已经存在,它们无意成为美景,但并不影响它们无意间已成为美景。

列车正在爬坡,空气在海拔高处变得越发澄明,阳光撞击在车窗玻璃上闪现出钻石般耀眼的光亮。极佳的能见度让他的目光无拘无束地穿行于无边无垠的大自然之中,让他感到了某种缓慢的敞开。这略带寂寥的广阔之中飞进来无数蝴蝶般的心绪,其间包含大量纷乱的回忆,以及少许孤独、自怜、沧桑感,外加一点点无人知晓的骄傲。浩瀚与孤独是伴生的,他突然想到了这一点,宇宙、星空、大海、沙漠、戈壁,所有的浩瀚之处都人迹罕至。换言之,浩瀚之所以浩瀚恰恰是因为人迹罕至。城市正好相反。城市永远熙来攘往摩肩接踵,所以永远与浩瀚与辽阔无关。可人不是群居动物吗?人的社会性决定了城市其实才是最适宜生活的地方,城市为了群居的人类准备好了一切。这样的话,生活在浩瀚之地的他们是在不自觉中与人的天性对抗吗？大概是的。可能必须有些人要在这浩瀚之地宣示不可或缺的存在，而自己就是其中的一个。不然的话，唐风当初告诉自己的命运又指的是什么呢？

他凝望着在车窗中平移的旷野，他发现眼前的景象同样确凿无疑又能引发无数的遐想。在这种美而空阔的背景下，人很容易沉浸其间，把自己想象成一个浪漫电影的主人公，坐在火车车窗边，看上去深沉而忧伤，直到有一个漂亮的女人出现在他面前。这个容貌酷似方蓉蓉但显然不是方蓉蓉的女人将不顾一切地爱上他，宁愿跟着他骑上一匹枣红马，环抱着他的腰奔向看不到尽头的远方。

马！那儿有马！史大龙激动地把身子探到了窗边上，好多的马啊！

咋呼啥，没见过马吗？被史大龙的叫声扯回到现实的 B 座，这让他有些不快，大惊小怪。

马倒是见过，但是从来没见过这么大一群，起码得有三百匹！史大龙探着身子不停地拍照，我去，这也太爽了吧！

三百匹算啥？他没好气地，这地方是世界最大的军马场，当年霍去病西征打跑了匈奴，就开始在这里养马了。在少见多怪的新兵面前，他不得不见多识广起来。

那岂不是唐朝的时候就有了啊！史大龙赶紧附和，这历史也太悠久了吧。

什么唐朝，我说的是霍去病！他瞪着史大龙，你们学琴的念完小学就不看书了吗？

啊，不对，我记错了。我光记得唐朝有个大将很厉害的，叫那个什么来着？史大龙不好意思地挠着下巴，小心翼翼地试探，好像叫李什么的——

你最好别告诉我是李元霸。他哼一声，记错了？知道的那叫记错了，不知道的那就叫不知道。

史大龙的眼珠卡住了似的停顿下来，紧接着又被垂下的眼皮盖住，不说话了。

这地方种的油菜多，花季里养蜂的人也多，蜂蜜又好又便宜，好多人专门跑到这里来买蜂蜜。我听政委说，他以前下部队经过这里的时候都会买些回去，有一次没东西装，就直接拿咱们那黄脸盆买了一盆，几个人一路走一路吃，等回去的时候，一脸盆蜂蜜全被他们吃光了。唐风补上了陡然间出现的空白，小史，你没事给我们普及普及音乐常识嘛，这方面你可是专家呢。

没有没有……史大龙赶紧摆着手，我那啥也不是，就是个拉呀拉，从小就开始拉，一天好几个小时，也没拉出个啥名堂。

都考上音乐学院了，怎么叫没名堂？唐风说，爱好成了专业，这也挺幸福的吧？

其实也不算……史大龙犹豫着，我一直不怎么喜欢学琴，上了音乐学院都还不喜欢，觉得特枯燥，一点意思都没有——

没意思你还学？他冷冷地，你意思是你是天赋异禀，逃着课还考上大学了？

没有没有，我不是那个意思啊！史大龙慌里慌张地揪了揪口罩，好像要给自己的嘴巴腾出足够的地方辩解，都是我爸逼我学的，不练他就揍我，你们是不知道，那是真揍，皮带抡起来呜呜响，然后就"啪啪"地一顿！要不我为啥来当兵啊，我就是觉得学琴没意思才来的，整天在学校里，从早到晚除了上课就是练琴，感觉整个人都麻木掉了。

那你还背着个琴干啥？他不怀好意地摸摸泛着银色哑光的琴盒，这玩意值多少钱？

我这个四万多。

这么贵？钛合金的？

木头的啊，枫木的。但枫木和枫木也不一样，产地啊，木质啊，板材存放时间啊，好多讲究。史大龙说，我这个算比较一般的。

你先听小史说嘛。唐风挡住他的话，小史，你接着说。

不过一到了部队，感觉又有点喜欢上拉琴了。这也挺奇怪的。新兵连的时候天天训练没摸过琴，那时候就有点想了。下连以后才又开始练的，欸，猛地发现跟以前不太一样了，而且是事情越多越忙就越想拉。以前我可从来没这感觉，以前练琴都像是队列训练，一点乐趣都没有。

那是为啥？唐风半倾着身子，很认真地看着史大龙，因为没人强迫你了？

我也不知道为啥，反正每次琴弓在琴弦上拉动，你就觉得那声音好像突然变得好听了，同样是《斐雅尔大提琴每日练习》和《大提琴教程练习曲》这种基本功练习，以前我就没感觉到里面有啥美的，还经常觉得很无聊。史大龙想了一会儿，对了，特别是不刮风的时候——

哪有不刮风的时候？他又忍不住了，我怎么不知道？

噢……不是……也不是不刮风，就是风比较小的时候。史大龙停顿一下，像是从洞中探头四处观望的土拨鼠，像早上太阳还没出来那会儿，我就在连队院子门外面的一块大石头上拉琴,要不就是傍晚,太阳还没落山的时候,反正早上晚上的戈壁滩都是金光闪闪的,往哪个方向看过去你都看不到一个人一辆车,全是满地的碎石头,所以搞得好像整个世界的旋律都是我创造的一样,把自己都给陶醉掉了。我感觉站里的人也挺喜欢看我拉琴的,没事就坐在旁边看,动不动还给我拍视频呢。冬天我有时候在大棚里面练,那里面不是暖和点嘛,雷达防风罩我也拉过,那里面——

史大龙突然停下来看他一眼。他的确想就雷达防风罩里拉琴的问题说上两句,可看唐风听得那么认真,又把嘴里的话修改了一下,看我干啥,接着说啊!

噢,对,我们指导员还说大棚里的菜听了音乐长得都比以前好,还说让我没事的时候去猪圈那边也拉一拉。

那你去了没?唐风笑出了声,一副兴致盎然的模样。

我们指导员开玩笑的,不过我还真去过一次。像是受到了唐风的鼓励,史大龙也嘿嘿笑起来,不过我们连的猪好像听了没啥反应,还躺在地上睡大觉呢。

琴应该在音乐厅这种地方演奏的,在外面拉的话琴声不都消散了吗?唐风说,那还好听吗?

我觉得还好,大提的声音总归厚重一些嘛。史大龙想了想，再说声音当然会消散啊，所有的声音都会消散的，除非灌在唱片里，像卡尔萨斯啊，麦纳迪啊，费尔曼啊，罗斯特罗波维奇啊，这些大师都有录音。但大提琴到现在都几百年了，以前没录音技术的时候，谁知道还有多少大师演奏的，现在不可能听到了。所以消散也正常，反正我拉琴的时候它在就好了。

有意思。你讲得好，非常好。唐风扭头看他，你说呢小高？

他不太情愿地"嗯"了一声。唐风已经退役了，而他还是史大龙的上级呢，他可不想那么草率地表扬任何一个人。再说，他为什么要附和唐风呢？心里的叛军又鼓噪起来，让他有一点不舒服，虽然他也觉得史大龙说的确实有那么一点新鲜。

拉琴倒也没啥不好，不过你天天就光拉琴吗？他等唐风热情的表扬在时间中微微冷却了一下，这好像也不太对吧。你不是干操纵员的吗，操纵员要学的东西可太多了，你的专业训练业务学习呢？搞了没有？

我就是早上起床前和晚饭后的时候练一练，其他时候也跟大家一起训练，一样进方舱值班。史大龙眼角的笑容凝结又融化，声音也低了下去，我值班挺认真的，从来没打过瞌睡，也没有漏过空情。

还有,你去学习就得有个学习的样子。他重新找了个角度,背着个琴去兰州,叫人家看了怎么说?

之前我不是被派去上面搞晚会了嘛,宣传处的张干事前两天突然说我的独奏节目取消了,让我回站里,我给站长打电话报告,他说正好要派我去兰州学习,就让我别回站里了。史大龙咽口唾沫,其实我没打算带琴去。

你这么多道理。他压抑着莫名的不快,你意思是我该表扬你?

是挺煞风景的。他知道。史大龙低头靠回了椅背,唐风则又看向了窗外。这时候海拔大概有四千米了,山坡上的积雪近在眼前,隔着车窗都能隐隐感觉到一丝寒意。他干吗非要把气氛搞坏呢?他并不是有意要这样的,只是他有时候会管不住自己。那些胸中残存的怨气像是地缝里泄漏出的甲烷,不知什么时候就会被迸发的怒火点燃,微弱又顽强的蓝色火苗便会不时地跳起来灼烧他。这疼痛还不至于让他叫出声来——他好歹是个三十多岁的男人,一个镜子里表情冷淡的少校营长——那样未免显得太过软弱,但偶尔还会忍不住狠狠捏住身边人的胳膊,仿佛那样就能让这疼痛转移出去似的。

现在他捏住的是史大龙。方蓉蓉在微信里和他提出分手的时候他也是这样,他只回了一个"好的",从此再也没有主动发过任何一条信息。接下来没几天,他因为一点破事在办公室跟科长拍了桌子,不久之后,又为了一份材料的用词在会议室跟副参谋长争得面红耳赤。还有营里被他劈头盖脸责骂过的那些人。他捏过的人还真不少。然而等那一簇无名火熄灭后,他又会感到懊悔,但他不知道下一次那火会在何时何处再燃起来。他身处地球上最为辽阔的地域,为什么心却收缩得像一块砾石?他又有些讨厌自己了。不过相比四年前,他还是进步了不少,甚至能够连着很多天都想不起方蓉蓉,除了偶尔会梦到。这也没什么。他其实清楚自己讨厌的不是某个人或某件事,而是那种不确定的感觉。四年前他觉得生活是确定的,但自从踏上西去的军列——那时他们乘坐的绿皮军列穿越了整条河西走廊,他至今记得傍晚经过乌鞘岭时那逼人的寒气,而唐风却在车厢里让大家唱歌,那次他自始至终都没张过嘴,即便唐风当时就站在他身边——一切又都变得不确定了。就像在荒漠中跋涉一样,不确定的前方会令他不安。

好在这时车身摇摆了一下,一头钻进了隧道,窗外立刻黑了下来。隧道内安静的空气被挤压在水泥内壁,摩擦出隆隆的噪音，瞬间将他刚刚造成的沉默和尴尬淹没了。列车在山体的深处呼啸而行，从甘肃这头进来，很快又将从青海那头出去。他们三个并排坐在那儿，在充耳的声响中等待着前方豁然开朗。

这倒是相当确定的。在看似漫长实则短暂的黑暗之后，列车"呼"地驶出隧道，世界立刻又明亮起来，车厢的金属外壳仿佛也舒展开来。云朵的阴影在大地上移动，给起伏的草场和矩形的油菜田涂上了浓淡相间的色块。乘客们又纷纷探着身子冲着窗外拍了起来，那些照片很多将会出现在当天的朋友圈里。就像他见过的那些自驾游客拍胡杨林、拍戈壁、拍沙丘一样，他们把这些景物装进内存卡里带走。但他从来没有干过这事。牧马人不会成天拍脚下的草场，农民也不会成天拍自己种的那块油菜地，他也一样。

噪音的掩护消失了，他夹在两个人中间又一次感觉到了局促。他很希望刚才的聊天能重新开始，可又不知道从哪里才能找到一个合适的话头。

哎，小高，我是不是还没有你微信啊。车过了门源好一阵，唐风突然开口了，咱们加一下好不好？

他脸腾地热了。移防以后，他换了酒泉的手机号，确实没有加唐风的微信。办公室有军线电话，还有手机，足够解决工作上的一切问题。而微信相对而言更私人一些，虽然里面有很多人这些年不再联系，还有一些无论如何也想不起是谁了，但唐风却和所有人都不一样。他赶紧摸出手机扫了唐风的二维码。唐风接着又把手机递到史大龙面前，小史，咱们也加一下？

好的首长。史大龙赶紧加了唐风的微信，又捧着手机转向他，营长，我能加一下您的微信吗？

他还从来没加过新兵的微信呢，当然也没有哪个新兵胆敢向他提出这个要求。他不太习惯，却也没有拒绝的理由，只好把手机伸了过去。这时候，窗外的村舍、电杆和道路多了起来，他正准备从双肩包里把烟和火机取出来，以备在西宁停车的几分钟里下去抽根烟，没想到唐风却先他一步站起来取下行李箱，又把自己的书和水杯塞了进去。

前面是西宁。他提醒道，到兰州还早呢。

我知道，我就在西宁下。唐风笑笑，你嫂子一直想去看看青海湖，说了十来年了，一直也没陪她去。正好唐越秦中考也考完了，我就说一起去看看，以后不一定有机会了。

噢，这样啊。他心头猛地紧缩了一下，他考得不错吧？

不怎么样，准确地说，没考上。唐风迟疑一下，眼角又翘起来，等回去以后，再看看上职高还是技校吧，他倒是挺喜欢做饭的，这几年经常对着个手机 App 上的菜谱给他妈妈做饭，做得还挺不错的呢。

他一时间不知道该说什么了，赶紧接过唐风手里的箱子，又塞回行李架。

我有个想法，不知道合适不合适。唐风看看史大龙，又看向他，请小史给我们演奏一曲好不好？

在这儿？他一时反应不过来，只好掉转脸，首长问你呢！

啊？我从没在火车上拉过。史大龙站起来左右看看，试一下倒也可以，就怕拉不好让人笑话。

那怎么可能。唐风十分肯定，这车上不可能有人比你拉得更好。

那我试试？史大龙说着，蹲在走道上打开琴盒卡扣，小心地把琴取出来，在座椅扶手上坐了下去，将琴夹在腿间试试高度，然后从琴底旋出细长的金属琴脚。车厢空间显得狭小了些，不过看上去还能施展得开。史大龙弹拨了两下琴弦，接着将琴弓搭上去，手臂抬高拉动，略微弯曲的琴弓依次在四根弦上奏出了一段段短促的声音。他从来没这么近距离地看过大提琴演奏，琴比他想象中大许多，琴声也比他想象中大许多。史大龙大概只拉了几个小节，琴声就已经注满了整节车厢，不明就里的乘客都朝这边看过来，有的站起来向这里张望，还有一两个妈妈带着孩子走到了史大龙身边。史大龙轻咳一声，耸耸肩膀，正式开始演奏。曲子听上去挺熟悉，只是他叫不出名字。围观的乘客都很安静，这打消了他对琴声可能招致抱怨的担忧。事实上正相反，他也有些被吸引住了。所以几分钟的曲子结束时，他竟然有了点意犹未尽的感觉。

真好听啊。在四周的掌声和喝彩中，唐风说，这个曲子是叫《沉思》吗？

对，就是儒勒·马斯内的《沉思》。史大龙说，首长您很在行呀，下次您要去我们站里检查工作的话，我还可以给您拉几首。

我倒希望有这个机会，不过应该是没有了。唐风说，所以要谢谢你，让我享受了一次精彩的大提琴演奏。

为啥没有了？史大龙傻乎乎地问。

我老了啊，退役了。唐风笑起来，以后的天下，就是你们的了。不过你们高营长还有机会。

那我再给您拉一首我喜欢的曲子吧，巴赫的《无伴奏大提琴组曲》第一号。史大龙抱着琴颈,不过没琴谱,我练得也不怎么样,我拉到哪儿算哪儿,您凑合着听听就行。

于是又安静下来。琴声又一次充满了时间和空间。按说只是琴弓马尾和金属琴弦摩擦出的声响,然而经过小小的琴码传入琴箱中的音柱,生出的共鸣顿时浑厚激昂起来。这声音如喷泉般从两道幽深的F孔中涌流而出,只消一秒钟就溢满了整个车厢。刚听上去有那么一点粗糙,像是一个新兵或者少女,又或者是一切事物的原初,新鲜、犹豫又充满好奇。接下来的琴声则渐渐成长起来,越来越饱满流畅,仿佛清澈而充沛的河水在曲折的河床中流动,靠近岸边的部分是透明的,阳光在水中折射到鹅卵石上,河中央则更为深沉,水草摇摆着,它们的阴影挡住了你往更深处窥探。

他坐在史大龙背后,除了晃动的肩头和从肩头探出的琴颈,看不到这个新兵的表情,但却可以感受到某种近乎庄严的氛围,这声音和乐器的曲线一样迷人,鼓动着人的耳膜和心弦,令他感到神奇。对他而言,这琴声同样也是确凿又能令他生出遐想的事物。一时间他想起了很多事情,发生过的和尚未发生的,都缠绕在大提琴浑厚深沉略带忧伤的旋律中,像戈壁上空的云一样来去无踪又变幻不停。他不经意地扭了扭脸，看见唐风正把胳膊肘支在小桌板上，手撑着脸，出神地望着史大龙移动着的琴弓，看上去也像是在回忆着什么。他们就这样一动不动地倾听着，直到列车即将到站的广播响起来。史大龙停下来站起身，向围观众人鞠躬致谢，又飞快地收起琴，耳朵红红地坐了回来。

接下来，他们都没再说话，仿佛沉浸于琴声的余韵，抑或各自的思绪中。列车越来越慢，最终缓缓驶入站台。他帮唐风取下行李，又提醒他看看还有没有落下的东西，然后陪着唐风一起向车门走去。

你快回去吧，马上就发车了。唐风催促他，他却摸出烟来点上了。

没事，还早呢。他拉下口罩，深吸了一口清凉的空气，我再陪你抽根烟。

也好，以后再见面就难了。唐风也摘下口罩，这是他很久以来第一次近距离看到唐风的脸。这张红润饱满了多年的面孔眼下变得异常消瘦，两腮都凹陷了下去，唯独眼睛还像从前那样明亮，烟还是少抽点，你看你那个牙。

无所谓，就这么混着吧，他抿抿嘴，又咧开了，反正再混混也该走了。

这话可不像个营长说的。唐风又看他一眼，不过这次的目光是温和的，甚至还冲他眨了眨眼睛，我给你讲过没有，几十亿年前的时候，地球上下过一场大雨，一直下了两百万年，然后才有了海洋。一场雨都下两百万年，你有什么可着急的？慢慢来吧，每个人都有自己的命运，当然也少不了你的。

他还没来得及说点什么，发车铃急匆匆地响起来，工作人员开始一迭声地催促众人上车。

赶紧去吧，唐风拍拍他的肩膀，你的路还长着呢！

他正要往回走，又停下来摸出手机，政委，咱俩合个影吧。

好啊。唐风愣一下，又露出微笑，还来得及吗？

来得及！这当儿，史大龙一溜烟从车门蹿出来，跑上前接过手机，我来拍！

他站在唐风身边，又向后错了半步。不想唐风却伸出手将他拉了回来，让他和自己并肩站在一起。匆匆照完相跑回车上，他回过身站在车门处，举手敬礼。按照军中惯常的礼节，他一直等唐风还礼之后才将手放下。车门嘀嘀叫着缓缓关闭，唐风依然扶着拉杆箱站在那儿冲他微笑。他们就那样隔着车窗对望，唐风在目送他，他也在目送唐风，直到彼此都变得越来越小，直至消失在各自的视野中。

他和史大龙一前一后地走回到座位前，A座不知什么时候换成了一个穿着连衣裙的姑娘，一头大波浪的长发和两只大眼睛看上去很漂亮。不过这跟他毫无关系，眼下跟他有关系的，只有史大龙和他那片戈壁。

到兰州报到了以后，你没事的时候可以给他们拉拉琴。沉默了一阵后他说，让他们也见识见识你的本事。

是！史大龙答应完了，又像明白过来了似的摇起了头，啊，不不，我不拉，我去了就把琴放库房，我保证认真学习刻苦训练，绝对不拉琴。

带都带了，为什么不拉？他笑笑，努力让自己和蔼一些，兰州可以拉面，你也可以拉琴啊。

史大龙呆了呆，终于也笑了起来，翘起的眼角那么年轻，看上去让人愉快。他靠回椅背，闭上眼睛，暗暗松了口气。这时，列车正微微颤动着向前飞驰，载着他继续去往下一个车站。

星　光

1

收到刘宝平的短信之前，整个世界和 37 路公交车都运行正常。这个闷热无风的周日午后，古玉站在车厢后门处的一个天蓝色空座边上，看着车流两岸无尽的楼宇和行人。车声涌动，乘客稀少，他是唯一站着的那个人。

他每次都站着，哪怕车上空无一人。这看上去有点傻，却让他感觉轻松。两年前刚从肋巴滩调到雍城那几个月，他也曾在公交车和地铁上坐过几回，不过很快就不坐了。坐着令他紧张。每到一站，他都忍不住望向车门，仔细甄别刚挤上来的乘客，然后飞快地评估自己是否应当起身让座。那些形形色色的陌生人与他毫无干系，他却莫名其妙地认为自己对他们负有某种责任，并为此瞪大眼睛绷紧身体，像个紧盯着显示器的雷达操纵员,生怕漏掉了重要的空情而被送上军事法庭。

　　他总结过,公交车上真正需要让座的乘客微乎其微:要么老得走不动路,要么小得还不会走路,要么就是身怀六甲不方便走路。问题是大多数时候,其间的界限并不清晰。有一回,他把座位让给一个抱着爸爸大腿不停往地板上出溜的小男孩,不料他才起身,小家伙却冲他做个鬼脸,嘻嘻笑着跑去了车厢另一头。等他回过神来,位子已经被别人占了。更难判断的是那些刷老年卡的乘客,他们看上去压根儿没有六十五岁,常常担纲车厢骂战的主角,火力全开时中气十足口沫横飞,词汇粗鄙而丰富,弄得众人纷纷闪避,丝毫看不出需要让座的迹象。为了舒缓乘车时的紧张情绪,古玉也学着和别人一样靠在椅背上闭目养神,讨厌的是眼皮总在剧烈抖动,那种感觉类似见死不救,而自己正在不可救药地迅速堕落。最后一次是在地铁二号线上,他还没来得及从刚挤上来的一堆乘客中发现合适的让座对象,身边一位瘦小的阿姨已然起身去招呼一个穿裙子的姑娘了。来来,坐这儿。几个月了?她们微笑地攀谈着,让呆坐一旁的古玉深感沮丧。他怎么就没看出来那是个孕妇呢?问题是孕妇难道不应该挺着大肚子，体重一百六十斤才对吗？这失误造成的挫败感很长时间挥之不去。虽然那天他穿着优衣库买来的T恤和短裤，没人知道他是个三十二岁的空军上尉。

那次以后，他再也没在公交或地铁上坐过。他宁愿站着。站他不怕。十八岁上军校的第一课就是站军姿。最长一次他站过三个钟头，那是因为内务检查时他们忘了擦灯管而丢掉了流动红旗，班长盛怒之下对他们的惩罚。班长在他们身后走来走去，不时用膝盖顶他们的腿弯，或者冷不丁地去拽他们的袖子，看他们双腿是否用力绷直，手臂是否紧贴裤缝。那一回全班九个人站晕了两个，站吐了一个。每个晕倒的同学需要两个人搀扶回宿舍，呕吐的同学也需要有一个人陪同，最后只有古玉一个人从头站到了尾。他和班长大眼瞪小眼，至今回想起来都很可笑。那时候他的两条腿肌肉结实皮肤光滑，不像现在，右膝到屁股一线多了十几处白色的疤痕，酸胀感总会在阴雨天开始作祟。所以只要站着，就不用再去考虑让座的问题，就不会让自己那么紧张。雍城总是让他紧张。即使现在陪着冯诗柔上街，他依然感到紧张。尤其是在商场，一进去便会面红耳赤胸闷气短，额头和掌心不停出汗。去商场是为了陪冯诗柔，他不好不去，但公交车上他可以不坐。

你干吗呀？起初冯诗柔会奇怪地瞅着他，为什么不坐？这个问题的答案过于庸人自扰，连古玉自己都想不好该怎么回答。他只能笑着摇头，告诉冯诗柔他不坐，他真的不坐，他就是喜欢站着。

不过今天情况有点特殊。连续三个星期，他都被马处长摁在仓库搞方案。一个联合火力演习弹药保障方案，一个仓库实战化训练方案，一个野外驻训组织实施方案。这个周末本来也得加班，战区空军保障部李部长下周四要带工作组来仓库检查工作，马处长想尽快把汇报材料弄出来。意外的是周六下午，他突然开恩把古玉放走了。

我差点忘了，六月十九号你还要去西藏押运，也没几天时间了。马处长翻了翻台历，汇报材料先放一放，李部长周四到，时间还来得及。你先回趟家，也有日子没见小冯了吧？

没事的处长。古玉习惯性地客气着，去西藏押运也没啥，也就是地方远点海拔高点，半个月差不多也就回来了。

你没明白我的意思。不是远不远的问题，而是能不能完成多样化保障任务的问题。仓库组建几十年都从来没往西藏押运过火工品，现在让我们去，这说明什么？说明这是一个全新的考验，机关和部队也在看我们能不能经得起这个考验！

否则就那十几发弹，我叫保管队去两个人押运不就完了，还要你一个副营职参谋带队干啥？马处长瞅古玉一眼，行了，听我的，你先回去。你和小冯上个月不才刚领证吗？小两口总不见也不对……回去吧，材料周一再说！

古玉没再客气。在马处长手底下干了两年，听得出他是认真的。加上最近两天，右膝上方又开始发胀。凭他八年来的经验，这种特殊的酸胀感——让古玉想到缓慢生锈的金属——正在提醒他空气湿度过大，而他也在办公室坐得太久，确实需要休整一下了。

昨晚回来见到冯诗柔，免不了有些用力过猛，早上醒来右腿酸胀得厉害，下床都有些吃力。上午陪冯诗柔逛街时，右腿感觉像是粗了一圈，他不得不经常停下来用力甩腿。你咋了？没事啊。噢，我以为你等不及了。没有没有。那就好，我再试试这条。整个上午冯诗柔都在试裤子。大批裤子破洞的姑娘在街头出没，冯诗柔不能没有。他们走了两条街上的好几家商场，试了能有十五条裤子，那些裤子的颜色、材质、板型、长短、价格，以及洞的位置、面积和破损程度令冯诗柔犹豫不决。好看吗？挺好的。比刚才那条咋样？都挺好的。古玉每次都这么回答，虽然他认为那些紧身牛仔裤并不适合身材略显矮胖的冯诗柔。快到饭点了,他们才走了很长的路回到最初去过的那家商场,买了最初试过的那条裤子。当然是在冯诗柔的带领下,不然古玉不可能找得到。调到雍城两年了,古玉依然会在商场里迷路。这不奇怪。城市缺乏能见度,比一望无际的戈壁滩更难辨别方向。

买完裤子,他们去了一家网红泰国菜馆。他们前面排了十一桌。认识冯诗柔之前,古玉从来没为吃饭等过位。排队上厕所是因为没办法,排队吃饭又是为了什么呢?肋巴滩不存在这种事。就像那里不存在雾霾、噪音和交通堵塞一样。可冯诗柔想吃,那就吃好了。他们坐在餐厅门口的条凳上各自埋头玩了四十分钟手机,身边弥漫着一股塑料烧着了的怪味儿。进去坐下以后才知道,那怪味来自一种漂浮着黄色泡沫的汤。每上一道菜,冯诗柔照例会先拍照,她的朋友圈需要这些照片。她还让古玉给她拍。把我脸拍这么大,你能不能走点儿心啊?和从前一样,古玉拍出来的没有一张能让她满意。算了算了,还是我自己拍吧!古玉如蒙大赦,赶紧把手机还给冯诗柔。

后来古玉回想起这一幕时,记得最清楚的是餐厅墙壁上的各种交通标志,以及服务员的东北口音。按照冯诗柔的计划，午饭后他们会去看电影。她要穿大家都在穿的破洞牛仔裤，也想看大家都在谈论的爱情片。古玉一直认为，爱情片和科幻片应该归入一类，因为它们描述的东西并不存在，当然，他不会发表这种愚蠢的意见。接下来，他们将去吃位于雍城最高建筑顶层的一家网红下午茶，里面有漂亮的蛋糕、餐具和外国服务生，冯诗柔已经念叨了好几个星期。古玉清楚那地方会很贵，而且自己会浑身不自在，他更想找个地方吃一颗白水煮羊头。至于晚上干什么，冯诗柔还没想好，好在马处长已经替他们想好了——午饭才吃到一半，古玉就接到了马处长的电话。

在什么位置？机关刚来电话，说李部长的日程提前到周二上午了。马处长的声音带着一丝皱褶，本来不想叫你的，宁主任一个劲催着要汇报材料，你现在能赶回来吗？

当然没问题。在这个湿热黏腻又生死攸关的夏天，没什么比马处长的召唤更重要的了。冯诗柔的脸本已沉了下来，听古玉提到马处长，表情又和缓了些。行吧，你去吧，咱俩的事还得靠人家呢。这让古玉有些内疚。从认识到结婚这半年里，两个人在一起的时间不超过十个周末。每次见面之间相距很长时间，仿佛横亘着一条接一条的路面减速带，刚加速就得制动，让古玉无法感受到想象中应有的速度与激情。按他的想法，以这样的交往频率，两年以后再结婚应该是适宜的，可冯诗柔却表现得很热情。咱们结婚吧，我想结婚了。她说，还需要等什么吗？古玉没想出还要等什么，所以他们就去领了证。冯诗柔是医科大学的硕士、肿瘤医院疼痛科的医生，人家愿意嫁给他，已经远超他的人生预算，他不能得了便宜还卖乖。领结婚证那天，他只请了一个上午的假。从婚姻登记处出来，两人吃了点粥，古玉就回仓库去了。这无疑是场成本低廉的恋爱，如果他是冯诗柔，恐怕都不会看上自己，可冯诗柔几乎没有抱怨过。除了幸运，他找不出别的解释。离开时，他提前结了账，又给冯诗柔微信里转了一千块钱。除此之外，他还能做什么呢？他怎么可能知道，这会是自己和冯诗柔共进的最后一次午餐呢？

车又停一站，下去几个人，又上来了几个人。一个头发乱糟糟，T恤卷到胸口的小伙子走过来，看了一眼古玉，像是嫌他挡住了座位。古玉赶紧往边上挪一步，小伙子一屁股坐下，又伸手拉开窗玻璃，一股热风顿时涌了进来，而37路本来是趟空调车。小伙子接着从裤兜里摸出根烟，点上抽了起来，灰色烟雾笼住了古玉的脸。二手烟果然很难闻，远不如自己抽着感觉好。

　　古玉只好又往边上挪了一步。这个时候，掌中的手机嗡地振了一下。他拿起来看一眼，屏幕上出现的名字令他心脏紧跟着猛震一下，像是在机场上突然听到了消防车的尖叫。机场上每个人都知道消防车鸣笛意味着什么，而这个名字只有他才知道意味着什么。这个名字像是铁箱子上陈旧的标签，里面装满了破损的回忆、流血的伤口、泄露的隐秘和意外的死亡。

　　刘宝平

　　刘 宝平

　　刘宝 平

　　刘 宝 平

　　他瞬间预感到了危险。盯着屏幕上的短信通知，迟疑着不敢点开查看。妈的，他居然被刘宝平整怕了！每次想到这个名字，古玉都会立刻喝止自己。起码一年没有刘宝平的音信，他常常认为自己已经把这家伙忘掉了，至少在理论上，他是应该把他忘掉的。然而此刻，那张圆鼓鼓的脸却非常3D地从脑海中浮现出来，竟然还在冲着他笑。我是宝平啊连长。滚蛋，谁他妈是你连长！然而回忆永远单向输出，刘宝平听不到。记忆中的刘宝平正像一只企图打开铁笼的野猪，背后有无数青面獠牙的往事正在互相推搡着想要冲出来把古玉撕得粉碎。

他似乎听到司机在前面喊了句什么，一时间却理解不了。脑袋像是高速运转的飞机发动机瞬间吸入异物，把原本坚固齐整的涡轮叶片打得稀烂。过了五分钟，要不就是五秒钟，他的意识才渐渐恢复。车上不许抽烟！司机在前面喊。显然，说的正是坐在他旁边的小伙子。但对方塞着耳机，正伸手把烟灰弹向窗外。而风又生气地把烟灰吹回车厢，有一些飞到了古玉黑色的T恤上。他抖了抖衣服，伸手去拍小伙的肩膀。

司机师傅喊你呢。古玉等小伙子转过头摘下一只耳机才说，车上不能抽烟的，赶紧掐了吧。

跟你有毛关系？小伙子可能受了冒犯，瞪起了眼，你算是干啥的？

我就是替人家司机师傅传个话。古玉赔着一点笑脸，公共场所抽烟总归不对，你说是不是？

司机是你爹啊？小伙重新塞上耳机，管闲事！

心猛跳起来，而脸也唰地热了。就在小伙子即将转回头的瞬间，古玉一把从他唇间揪出半截烟卷丢出了车窗。车窗抛物是不对的，可扔在车里似乎也不妥。小伙子腾地站起来，准确地说还没站起来，脖子已经被古玉扼住了，右手在这根汗腻腻的脖颈上稍微打了打滑。按照"捕俘拳"的套路，这个动作叫作锁喉。在肋巴滩场站警卫连，这是人人都要熟练掌握的基本战术动作。古玉认为自己并没使太大的劲，却也足够让小伙屁股悬空，上半身后仰着抵在椅背上动弹不得。对方双眼暴突，面部涨红，喉咙里发出水龙头停水时才有的空洞声响，两只手死死抓着古玉的手腕。他试图挣脱，可没能成功。这么僵持了几秒，小伙子终于放开双手举过了肩膀。

古玉松开手，小伙子一屁股滑回座位，俯下身剧烈地咳嗽起来。不会有第二回合了，古玉想。他似乎从来没这么干过。噢不，也不全是。很久以前，他也掐过刘宝平的脖子。心跳得很厉害，后背一阵阵发凉。为什么要动手呢？他问自己。他一时间也想不明白。要不就是刘宝平的短信闹的，他可能把面前这个小伙子当成了刘宝平。

2

周日下午的办公楼和古玉的脑袋一样空空荡荡。仓库领导和机关干部的家大都安在雍城市区，他们一般会在周五下午坐班车回去，周一早上再回来上班。唯一例外的是马处长。马处长属于纯种的办公室动物，基本生活习性就是在饭堂觅食，在办公室栖息，不求偶也不交配，每天傍晚在库区长久地散步。一般情况下他都一个人走，有时也会喊上古玉。据齐胖子说，马处长在保障部机关工作时买过一套经适房，离婚后给了前妻和女儿，所以没处可去。要不谁他妈愿意天天待在这鬼地方啊？齐胖子评论道，老马有狐臭是不假，脑子又没病！

齐胖子把马处长描述成一个净身出户又流落到仓库这种边缘单位的落魄男人，古玉反感这种人设。平心而论，马处长是个不错的领导，单是经常亲自带古玉一起加班推材料这一条，仓库七个常委里头没谁能做得到。再说人家长得也好，身材高大气宇轩昂，自带两道浓眉和一张红脸，活像刚刚刮过胡子的关羽。不像齐胖子，一张鲇鱼嘴从来吐不出什么好话。古玉不喜欢他，从一开始就不喜欢。刚调来不久的一个周五下午，他想进城买点东西，就上了办公楼前的班车。刚坐下没两分钟，齐胖子也上来了，说古玉坐了他的座位。这车已婚干部才能坐，你现在属于无票乘车，快快快，赶紧起开！

哄笑声中，古玉灰溜溜地下了车。那天下着小雨，他站在营门外树下等进城的客运中巴。中巴没来，常宁宁却来了。你怎么不坐班车？她放下车窗问。古玉愣了几秒钟，才认出这个裙子上绣了起码五十只蝴蝶的姑娘确实是政治处的常干事。又是齐胖子说的吧？班车从来就没固定过座位。你理他干吗？他就一傻×！古玉挺尴尬地站在车边，一时间不知如何接话。上车吧，我捎你回去。不用不用，车一会儿就来了。来什么呀，那破车从来就没个准点！古玉还想客气，常宁宁却翻了他一眼。别磨叽了好不好？那是他头一回和常宁宁说话，也是头一回见常宁宁翻眼睛。后来常宁宁成了他在仓库唯一聊得来的人，这大概是他唯一需要谢谢齐胖子的地方。相比之下，他和齐胖子在一个办公室坐了两年也没怎么聊过。齐胖子喜欢聊股票，割肉补仓什么的，古玉一点也听不懂——肋巴滩没人聊这个。两人同是仓库业务处副营职参谋，齐胖子管收发，他管训练，可实际上齐胖子经常不来办公室，而马处长除了把齐胖子的活儿派给古玉，似乎也没什么别的办法。古玉一直没搞清齐胖子那个级别很高的亲戚到底是他的姑父还是姨父，话说回来，这有什么区别呢？按新编制表，业务处顶多只能有一个副营职参谋纳编，连很向着他的常宁宁都觉得古玉很难争得过齐胖子。

你得给马处长说啊！这话常宁宁说过好几次，他现在不就靠你在干活儿吗？

古玉张不开口。如果是马处长主动提，他也许会趁机说一下。问题是马处长从来也不提这事。每次陪马处长散步，他说的全是工作。三号库再不加固真要塌了，北山二号洞库的湿度总是过高又找不出原因，库区改造方案报上去快一年了却迟迟批不下来，野战伴随保障一直没有专用装备，人工装卸作业满足不了部队需要；机关能用的人太少而叉车的故障率太高。马处长说这些事情时思路清晰又忧心忡忡，偶尔会停下来叹一口气。而古玉更希望马处长谈一谈新编制下来以后仓库机关的人事安排，这难道不是所有人唯一真正关心的问题吗？好在两年下来，古玉早已习惯了马处长的习惯。从市里赶回来领受任务时，马处长并没多说什么客套话，只是让他务必在晚上九点前把宁主任给李部长的汇报材料初稿拿出来。

李部长是第一次来咱们仓库。马处长交代完材料路子，啥意思就不用我说了吧？

不用说。李部长上任不到两个月，保障部系统的人已经初步领教了他独特的领导风格。该首长第一次下部队就拒绝在招待所就餐，大清早独自去了连队吃"碰饭"。饭堂里突然冒出来一个少将，吓得全连官兵魂飞魄散。当他发现早餐居然没给战士们煮鸡蛋，倒也没批评连长指导员，而是把闻讯赶来的场站领导痛批了一顿。还有后勤训练大队。几天前李部长去检查，正在会议室听汇报，不知谁的手机响了起来。谁把手机带进会场的？不知道保密规定吗？谁？自己站起来！几秒钟后，面红耳赤的副大队长畏畏缩缩地站了起来。连一个手机都管不好，你还能管好什么事？于是，该副大队长就全程站到了散会。这两件事弄得驻雍城的几个单位都紧张起来，而李部长来仓库的时间又突然提前了两天，难怪宁主任一个劲儿地催着马处长要汇报材料。

搁在平时，半天时间拿个初稿对古玉不算太难。毕竟有之前的汇报垫底，添上点新近的工作和时兴的套话，顺巴顺巴也就差不多了。可古玉在电脑前坐到快六点，连最简单的第一块都没搞出来。每隔几分钟他就会停下来，拿起手机搜索他从来没关注过的关键词。那些陌生又可憎的概念、术语和图片堵在他的思路上，弄得他磕磕绊绊无法前进。还有腿。自打坐到办公桌前，本已酸胀的右腿又开始发痒。先是这儿再是那儿，痒一会儿停一会儿，慢慢地范围越来越大，间隔越来越短，最后这痒打通了时间和空间，开始四处弥漫。古玉又捏又挠，却怎么也触不到那要命的痒处。仿佛有一队工兵正贴着他的骨头，在血管和神经间挖掘着坑道，弄得他心尖都在颤。挤捏抓挠类似炮火覆盖阵地表面，顶多在皮肤上留下些青紫，却丝毫影响不到深层的掘进。他不得不一次次把双手从键盘上拿下来，去死命地箍住大腿。材料的第一块说白了就是仓库的基本情况介绍，理应半个小时就结束战斗，可整个下午，他连这点事都没捋清楚。他唯一搞清楚的就是，自己的脑子已经不清楚了。

你啥时候跑来的？不是昨晚才回去吗？常宁宁不知道什么时候出现的，穿着短袖夏常服和军裙笑嘻嘻地走进来，来加班也不知道给总值班员报告呀？

进门的时候我想着给你说来着。穿着军装的常宁宁看着很清爽，让古玉乱哄哄的脑袋安静了些，我在值班室玻璃上看了，你没在。

噢，进楼的时候才给我说啊，把我这个总值班员当什么了？常宁宁翻一个白眼，你出发的时候就应该给我说。

好好好，我错了，这行了吧。古玉知道常宁宁在逗他，他应该报以笑容，所以他使劲地笑了一下，也不知道笑得怎么样，岩岩呢，没带过来？

他姥姥看着呢，过来也没什么玩的，又得闹。常宁宁眼珠转转，咦，不对啊，你脸色怎么这么难看？跟你家冯大夫吵架了？

我没跟她吵过架，我们相敬如宾。古玉说，你当是跟你呢？

喊，谁稀罕跟你吵。常宁宁靠在古玉办公桌上，散发着熟悉的香水味儿。有一次她在车上说，别人都不喜欢这种黑石榴香水，只有古玉觉得好闻。走啊，到饭点了。

中午吃得晚，不想吃了。古玉把目光从常宁宁脸上挪回面前的屏幕，虽然那上面只有几个不成体统的段落，马处急着要汇报材料，我啥都还没写呢。

吃饭能耽误你多长时间？来个李部长你就不吃饭了，要是司令政委来了你还不活了？常宁宁又翻一翻眼睛，她总是喜欢翻眼睛，到底去不去，不去我走了。

常宁宁这么说，古玉就只有去了。不想才起身，马处长却走了进来。哟，小常也在这儿啊。马处长穿着身运动服走过来，浓烈的体味和常宁宁的香水味短兵相接，立刻就占了上风。

怎么样了，进展还顺利吧？他径直走到古玉身后，走一下我看。

古玉赶紧滑动一下鼠标滚轮。他写的那几行字根本不值一滚，指尖才轻轻动了一下，Word 文档就已经见了底。

一共写三块，每块写什么，不是都给你讲过了吗？马处长的声音在他头顶上凝成了浓积云，是我没给你讲清楚，还是你没听明白？

您讲清楚了。古玉如实回答，我也听明白了。

那怎么到现在连第一块都没弄出来？短暂的沉默中，古玉能听到马处长手指甲挠着下巴胡楂的声音，你写完了我得带你推，推完了还要再给主任政委看，还要打印还要校对，李部长周二一早就到，你认为什么时间拿出来合适？

古玉不知道自己什么时间能拿出来。有一刻他认为自己不可能拿出来了。脑子乱得像个灾区。历史辉煌。保障范围。库区面积。编制人数。肋巴滩。刘宝平。肿瘤。原发。继发。巨块。结节。A4 纸十二页。三号仿宋。弥漫。浸润。地面库房。地下洞库。现代物流。跨越发展。他的思绪飘飞，没有一片是完整的，只能盯着键盘缝隙里的烟灰不吱声。

你平时不是这样的啊！马处长放缓了口气，怎么，叫你提前回来有意见?

没有,真没有。古玉赶紧表态,加班我不怕。您加班比我多多了,我干这点算啥。

那你今天啥情况?完全不在状态。马处长居高临下地盯着古玉,出啥事了?

古玉否认了。这也不算瞎说。他不过是收到了刘宝平的一条短信而已。这短信只针对自己,正如判决书只针对犯罪嫌疑人。就算把刘宝平的短信拿给马处长看,他也看不出任何名堂。《肖申克的救赎》里的典狱长也没看出蒂姆·罗宾斯贴在牢房墙上的明星海报有什么名堂。何况古玉已经把短信删了。只看了一眼就删了,好像不删他就没办法再活下去。刘宝平什么时候变得这么有杀伤力?一个短信就让自己如临大敌?这他妈太可笑了。除了"你的部下宝平"这个一如既往的落款,他确实无法还原那条短信的具体表述,但他不能假装不懂刘宝平告诉他的事情。从这点上说,短信绝对是一种×蛋的发明,差不多跟酒店里的针孔摄像头一样卑鄙。不像电话,你不想接就不接,不接你就不知道对方想说啥,既然不知道,这事就可以算作不存在。电话类似炮弹,你只要抱着脑袋缩在合适的掩体里,一时半会死不了。短信则不同。

短信更像地雷，你根本不知道什么时候会踩上，只要踩上，"吭"——你就等着吧。

用肋巴滩当地的土话来说，那条短信古玉已经"看到眼睛里拔不出来了"。肋巴滩机场属于水青县地界，水青县的土话前后鼻音不分，"梦"会说成"闷"，"杏子"会说成"哼子"，遇上熟人会大叫一声"呔！"，这个字他只在《隋唐演义》或者《说岳全传》里见过。水青人说话时常常要把舌尖用力抵住齿缝，吐字时发出"嘶"的尾音，听上去又尖又硬。古玉始终不习惯这种方言，当初他之所以愿意和吕少芬交往的重要原因之一就是她能说一口很标准的普通话。吕少芬大学学的是历史，毕业以后在水青县博物馆当团支部书记兼解说员。博物馆位于水青县城文化街南头，古玉每次从肋巴滩机场进城时总要从博物馆门前经过，可他在肋巴滩待了好些年，从来没有进去过。据说那儿的镇馆之宝是后凉太祖吕光的金印，不过古玉并不知道吕光的底细，他也懒得知道。古玉对水青的一切都缺乏兴趣，包括历史、现实和荒凉的未来。当然，吕少芬也没邀请过他。吕少芬说过，大多数解说员其实并不真懂那些文物和历史，他们只需要把解说词背熟就行。吕少芬还说，她不好意思让古玉看到她解说的样子，那样特别傻。

我还说晚上九点带你一起推稿子呢，这样子还推啥？马处长在办公室踱了几个来回，小古，什么时间能拿出来？我现在需要一个准话。

晚上……晚上太晚您也得休息了。古玉犹豫着，明早一上班我给您放办公桌上。

休息？都这个时候了还休息什么？你知道宁主任今天催了我多少回了吗？明天一早还要开协调会，仓库上下都得动起来，我哪有时间再带你推稿子？马处长叹口气，你现在不要再想别的事了，就专心在这里弄材料。什么时候弄完了，什么时候给我打电话，十二点弄完我十二点来，三点弄完我三点来，反正这东西不能过夜。我对主任政委负责，你对我负责，听明白没有？

古玉明白，马处长真的生气了。记忆中，这似乎还是第一次惹他生气。仓库的新编制表刚下来，这个时候惹马处长生气是不明智的。想到这儿，脑子又清醒了一些。马处长走了，并没叫他一起去饭堂，这也是两年里第一次。但凡加班到了饭点，马处长总会来叫他一起去吃饭的。好在他自己也没什么食欲，中午和冯诗柔吃的泰国菜还在他胃里反着酸水。他呆坐了一阵，想站起来活动一下身体，起身时才感觉到右腿吃不住劲儿，不得不伸手扶住桌子，以便把桌子下面那条不听话的腿拖出来。

他看着办公室窗外的北山。据说那黛色的深山里有一座香火很旺的北周佛寺，不过他至今没去看过。水青县博物馆他当初应该去看看的，也许在肋巴滩的时候，他认为自己会和吕少芬结婚并在那里度过半生，所以什么时候看都行。这种想法显然大错特错。当然，这辈子他或许还有机会重返水青，却不可能再见到吕少芬了。她不在了。这是一年前刘宝平短信里告诉他的。刘宝平从来没告诉过他任何好消息，早知这样，真不如当初就让手榴弹把他炸飞算了。吕少芬不在了，而她爸吕老师还在。吕老师此刻就在雍城，这也是下午刘宝平短信里告诉他的。刘宝平说，吕老师查出了肝癌，水青县医院治不了，医生建议他来最有名的雍城肿瘤医院试试手术治疗。他确实来了雍城，已经在医院附近的旅馆住了几天，却一直等不到床位。可吕老师的身体不是向来都很好吗？古玉觉得这个问题过于庞大，他整个下午都绕着它兜兜转转，像一个工兵围着一颗陌生的炸弹在转，想不出怎么才能把它安全地拆除。

走廊里传来高跟鞋清脆的声响。常宁宁走进来，把装在塑料袋里的两个包子扔在古玉办公桌上。我真不饿。赶紧吃，哪儿那么多废话！好吧好吧，听总值班员的。古玉拿起包子咬一口，猪肉白菜馅的包子还冒着热气，味道不错。

有个事。古玉问，肿瘤医院你有熟人吗？

肿瘤医院？好像没有。常宁宁想了一下，哎，不对啊，你家冯大夫不就是那儿的吗？你今天是怎么了，没带脑子过来吗？

3

晚上八点多，冯诗柔发了条朋友圈。造型奇特的瓶瓶罐罐。木质楼梯。革面发亮的沙发。漂亮玻璃杯里的彩色饮料。窗外雍城流光溢彩的夜景。橱柜里的限量版马克杯。配着一句感想：爱和美好。

古玉飞快地点了赞。冯诗柔喜欢发朋友圈，每天都得发个三五条，图文并茂，风格相近，宜于直接点赞。不过每条朋友圈下面都只有他点的一个孤零零的赞。古玉明白，他和冯诗柔之间目前还没有共同的朋友。这也正常。毕竟他们在一起的时间非常有限，还没有机会去认识彼此的朋友或者同事。如果真要介绍什么人给冯诗柔,他似乎也没有合适的人选。齐胖子肯定不考虑。常宁宁也不妥。来给你介绍一下,这是我同事常宁宁,仓库上百号人就我俩最聊得来。他能这么介绍吗?不能。他不能把一个单亲妈妈介绍给冯诗柔。他和冯诗柔运行在两个不同的星系,相隔很久才会彼此接近一次。这个时候古玉会觉得,除了彼此的身体,他和冯诗柔其实还没那么熟悉。

所以他犹豫了半天,不知道到底要不要请冯诗柔帮忙。如果冯诗柔欣然同意,那她和吕老师就不得不见面。他们见面时将不可避免地谈及自己。而毫无疑问,吕老师口中的自己将彻底否定掉冯诗柔口中的自己,哪怕他们谈论的完全就是同一个自己。他到底有多少个自己?他回答不了这个问题。他唯一能做的就是继续痛恨刘宝平。这个该死的屠兵,为什么要告诉自己这些该死的事情!他甚至怀疑这是刘宝平的恶作剧。他故意想让自己难堪,他难道没这么干过吗?在警卫连当连长的第一年,军区空军军训处来旅里考核警卫分队训练情况,现场抽考一个建制班的五公里武装越野和单双杠练习。古玉当然想让二班上,那是连队的尖子班,只要有工作组来检查,拉出去显摆的从来都是二班。但机关那帮家伙也不傻，拿着花名册直接选了全连垫底的四班。四班训练成绩最差的原因就一条：刘宝平在这个班。他河马一样的长相和身材轻而易举地就将全班的平均成绩拽到了沟底。

考虑到考核的重要性，古玉还是选择了变通。他把两个排长叫来，告诉他们刘宝平不用参加考核，让二班派个体能好的新兵顶替刘宝平，点名时刘宝平不要吭声，由二班的新兵代他答到并代他上场。古玉认为这个计划没什么漏洞，为此还得到了两个排长的吹捧。他唯独没想到军训处的参谋在队列前点名时，刘宝平和他的替身竟然一起答了"到"。怎么回事？刘宝平出列！参谋火了，于是古玉眼睁睁地看着队列前站出来两个刘宝平。非但如此，刘宝平还立刻掏出士兵证，证明自己的确是正品刘宝平。正在现场陪同的军训科长指着古玉的鼻子破口大骂，说他弄虚作假蒙骗上级把训练当儿戏，好像古玉从来没向他汇报过而他也没拍着古玉的肩膀说此计甚好一样。考核结果不用说，刘宝平照例把全班拽进了沟底，因为全连唯一一个五公里越野不及格的就是他。而古玉的档案袋里就此多了一个行政警告处分。

那天从操场上回来，古玉站在连部门口一迭声地大喊刘宝平的名字，刚跑完五公里的刘宝平呼哧呼哧地跑到古玉面前，正准备立正敬礼，迷彩服领子已经被古玉一把揪住了。谁叫你站出来的？报告连长，我——你个头！你站出来想证明啥？证明全连就你他妈的跟猪一样连个五公里都跑不下来吗？报告连长，我觉得这样做不太妥当，我觉得……古玉没让刘宝平觉得完就一把掐住了他河马一样的粗脖子。你他妈什么毛病？你脑子进屎了吗？被锁了喉的刘宝平无法回答任何问题，他脸涨得通红，两只手居然还紧贴着裤缝，保持着标准的立正姿势。古玉很想把他捏死又不能真把他捏死，只得猛地把他推开，刘宝平后背重重地撞在走廊墙上，然后才弯腰咳嗽起来。你他妈到底想干啥？你们排长没给你说换人吗？报告连长，说了。说了为什么不听？报告连长，我觉得这不可能是你的意思，我觉得你绝对不可能同意这么干的。

古玉不记得自己后面还说了什么，关于这件事的回忆每次到这句话就戛然而止，像是一部数据出错的盗版电影。那时候刘宝平是个新兵，所以他说的古玉信了。现在他还能信吗？两年前在水青火车站，吕老师给他的那记耳光力道十足，一点不像是有病的人。相反，在古玉和吕少芬相处的那段时间里，他看上去健康快乐，没事就叫古玉去家里吃饭。吕家饭桌下面永远放着一个十升的白色塑料桶，装着从水青酒厂门店打来的六十度散酒。吕老师酒量不行却爱喝,喝不到三两就开始弹钢琴。这可是伟大的贝多芬啊!他脸红到脖颈,头顶秃了,留着一圈前清遗老式的头发。

古玉,你现在知道我为啥给她起名叫少芬了吧?这话他起码说过五百遍,我给你说,我这个女儿攒劲得很,你自己说,我这个女儿咋样?

哎呀你烦死了!这时候吕少芬会红着脸把酒杯收走,再说我改名去呀!

吕少芬当然不会改名。她多爱她爸啊!每天早上起来给她爸做一碗加荷包蛋的汤饭。水青的汤面叫汤饭,捞面叫干饭,当然,拉条子还叫拉条子。古玉最喜欢的吃法就是把吕少芬炒的菜拌进吕少芬做的拉条子里,每次起码两碗,三碗也吃过,吃完后一站起来就没法再坐下去。刘宝平也常跟着去混饭,吃得比古玉还多。并不是古玉愿意带他,而是吕老师喜欢他。你们那个小宝平呢?如果他没来,吕老师就会问,你们那个小宝平攒劲得很,他会看人,对你相当崇拜!吕少芬每次发工资都去给她爸买两瓶"草原风情",不过她爸更喜欢喝散酒。晚上过了十点她爸要不回家,她就会不停地打电话,像怕老头丢了似的。她甚至还张罗着给她爸再找个伴儿,不过古玉认为这是多此一举。水青县广大干部群众都知道,文化馆的作曲家吕老师向来风流不羁,身边总会围着几个能歌善舞的半老徐娘。吕老师一喝酒就弹琴,一出门就戴围巾。水青县城位于肋巴滩机场以东二十公里,海拔一千九百五十米,年平均气温只有一摄氏度,三伏天睡觉也得盖好被子,否则半夜会被冻醒。全中国都找不出几个像水青这样适合喝酒和戴围巾的地方,所以吕少芬给她爸买了至少一百条围巾,而高瘦的吕老师也有足够的时间来戴那些颜色材质各不相同的围巾。

印象中的吕老师戴过无数条围巾,可此刻古玉想不起任何一条具体的围巾。那些围巾在散乱的记忆里被抽象,变得久远而斑驳。眼下他更关心手头的汇报材料。到现在他才写完了第一块,照这个进度,写到天亮也交不了稿,而他不可能真的在半夜三点给马处长打电话。他给自己定的最后时限是十二点,再晚的话他将无法面对马处长。他不能在一天之内让马处长生两次气。

绝对不能。两个月前,他给政治处打结婚报告时才知道,冯诗柔的户口并不在雍城。你户口怎么会不在雍城呢?是不在啊,我给你说过我户口在雍城了吗?没说过。那你问过我吗？没有。那不就对了吗，搞得好像我骗你一样。接下来的两个月里，古玉没再请过一天假，每天晚饭过后就直奔办公室，像个恪尽职守的灯塔看守人一样点亮四根灯管，好让马处长散步回来时清楚地看到自己正在加班。马处长在任何时候走进办公室时都能看到他正端坐在电脑前苦苦思索。他在办公桌上摆着满当当的烟灰缸、深色的茶或咖啡和四处铺开的红头文件，附赠噼里啪啦敲打键盘的声响，这是他为马处长精心定制的欢迎仪式，约等于鲜花、地毯、军乐队。这些下三烂的手段他究竟是怎么想出来的？他什么时候开始在这些事情上变得如此才华横溢？古玉自己都无从知晓。仿佛正在假装专心听别人讲一个索然无味的老笑话，而且必须发出夸张的笑声。

他并不想这么做，可他就是这么做了，不然他还能怎么做呢？仓库的新编制表上那些纵横的线条把他给死死地网住了。仓库机关三个部门——业务处、政治处和后勤处——很快将合并为一个综合办公室，原有的十五名军官编制削减了一半还多，只剩下六个。才六个！葫芦兄弟还有七个呢。这意味着现有的机关干部大多都无法纳编。按古玉从前的打算，只要和冯诗柔领了证，就算无法纳编而被迫转业，自己也能顺理成章地随着冯诗柔安置在雍城。现在事情复杂了。冯诗柔的户口并不在雍城——她的户口怎么会不在雍城呢？古玉甚至从来没想过这个问题，他一直以为在肿瘤医院工作的冯诗柔必定是雍城户口——这就意味着结婚只是一个段落的开始而非结束。他已经和冯诗柔结了婚，却依然不具备落户雍城的资格。他必须重新修订关于雍城的人生规划。他要尽快给冯诗柔办理随军手续，等她成了雍城人，自己才有可能留在雍城。他仔细研究过雍城的军转政策：干部配偶随军满一年之后才有资格转业到本市，否则只能回原籍安置，而他的原籍是雍城西北两百多公里的本省小县城，比水青县好不到哪里去。即便一切顺利，一年后办完随军，还要再服役一年，这样算下来，古玉最少要在仓库再待满两年才满足落户到雍城的条件。问题是，所有人都盯着那么几个军官编制，领导会让他再多待这凭空冒出来的两年吗？

他不知道。那么他不能再去想吕老师了。想也没用。今夜他不关心人类，他只想材料。在纳编的问题上，他唯一指望的只有马处长，所以他必须把活儿干好。活儿干好了马处长就会高兴，马处长一高兴，也许就会愿意帮他。他必须服从这个比吕老师的癌肿更为坚硬的现实，他需要把吕老师从自己脑袋里切除，哪怕只切除这一个晚上。他紧紧攥着手机，手心汗津津的，像是攥着颗拔掉了保险销的82-2式全塑钢珠手榴弹。他熟悉这种圆滚滚沉甸甸的武器，里面藏着一千六百颗直径三毫米的小钢珠。他不可能一直这么攥着，他必须得把它投出去。于是他就投出去了。投出去未必会炸到别人，不投出去肯定会炸到自己。他在微信里请冯诗柔帮忙联系床位时，特意说到这个吕老师只是几年前曾帮他们连队辅导过合唱节目并且得了一等奖的一个音乐老师，冯诗柔不必亲自出面——他认为自己不这么说的话，冯诗柔一定会亲自带着吕老师去看病的——只要电话联系好了告诉他一声就行。

扔下手机，古玉微微松了口气。腿忽然不痒了。他起身走到办公室中间，冲手心吐口唾沫搓一搓，深吸一口气趴在了地上。在继续写材料之前，他需要振奋一下精神。他不记得自己多久没做过俯卧撑了，半年？要么就是一年。他本打算一百个起，结果才六十个就感觉在垂死挣扎。好容易撑到七十，整个人像条甩在案板上的鱼，沉沉地瘪在了木纹地板革上。搁在肋巴滩，这动作会让手下的兵笑上一个礼拜。在警卫连那几年，他的俯卧撑最高纪录是三百二十七个。即便后来到军训科当参谋,做两百个以上也毫无问题。而此刻,他觉得自己体肥如猪,气喘如牛,甚至远远比不上后来的刘宝平。

他爬起来回到办公桌前。他不确定自己的精神振奋了没有,心跳得倒是很厉害。靠在椅背上喘了会儿粗气,正准备继续干活,猛地发现窗玻璃外面爬着一只小壁虎。菱形小脑袋歪着,白色肚皮微微起伏,四只脚五趾大开贴着玻璃,在灯光下仿佛是透明的。这小东西在肋巴滩叫"四脚蛇",夏天的戈壁滩上常能看见。它喜欢趴在石头上晒太阳,一旦有人走近,它会很不高兴地甩甩尾巴,扭身钻进石缝里。而在雍城,他还是头一回遇上。他拿起手机,悄悄凑近窗户想把它拍下来。可能是靠得太近,小壁虎警惕地动了动脑袋,在玻璃上转了个圈,转眼就不见了。

4

喝了一碗滚热的玉米粥,军装都湿透了,古玉感觉好了点儿。又摸出手机看看,依然没有冯诗柔的回信。奇怪。从两人开始交往直到昨天,但凡古玉发微信,冯诗柔基本都是秒回，顶多隔上几分钟。可昨晚发了那条微信之后，过了差不多一个钟头才收到回复。我问下。她这么说，之后便再无下文。整个晚上，她没有像平时那样和古玉在微信里聊天，甚至都没像平时那样给古玉发一个"晚安"的表情。

难道是自己给冯诗柔出了道难题？很有可能。她只是著名的雍城肿瘤医院星系中的一颗小行星罢了。她之于医院和古玉之于雍城差不多都相当于地球之于银河系，有联系的就那么几个不大不小的星球，还他妈相隔万里，各转各的。拥有上千万人口的雍城过于巨大，人们摩肩接踵又互不相识。不像肋巴滩，满眼都是熟人，走在路上得不停地挥手打招呼。每个周末家属院叫吃饭的电话从来没断过，弄得古玉常常安排不开。现在没这事儿了。请客为什么要在家里？还不够麻烦的。除了常宁宁，仓库这些点头之交的同事中他并不真的熟悉什么人。马处长似乎也不熟。而刘宝平却以为他能在雍城呼风唤雨。他以为人在雍城就拥有了雍城？得亏自己不在北京，否则刘宝平八成会认为自己正在金光四射的天安门城楼里上班呢！

古玉想不出刘宝平到底长了个什么脑子，还是根本就没长脑子。就算有脑子，脑皮层沟回也一定走的都是直角。新兵连的时候,一个正步的动作要领别人走两步就明白了,他得花上一个星期才知道什么叫"绷脚尖"。他还是个肮脏的家伙。要不是每天晚上班长踢着他的屁股让他去水房,他根本想不起来还要刷牙洗脚。最要命的是实弹训练那回,他把一枚82-2式手榴弹投到了自己身后,手榴弹在他脚后直打转,他居然还在那儿愣着。站在一侧指挥的古玉冲上去把他扑倒在地,他身边就是避弹沟,稍微打个滚就能进去,可这家伙却抱着脑袋一动不动地趴在地上,急了眼的古玉不好意思自己跳进避弹沟,只能死死压在他身上,然后替他挨了三十一颗钢珠。

所以分兵的时候,古玉根本就没考虑过要他。那会儿古玉的伤口刚拆线,走路还不太利索。刘宝平跑来求了他好几次,最后一次是抹着眼泪走的。古玉是从警卫连副连长岗位上被抽去当新兵连连长的,新兵连结束后他还得回警卫连去。他可不能把一个连五公里都跑不下来,又把手榴弹投到自己脚底下的蠢货弄到自己连里,那样的话他没办法向连长和指导员交代。而且警卫连的兵天天得携枪带弹,谁知道他会不会哪天走火打中自己人。不光古玉,他手下几个班长对刘宝平也没什么好气。新兵连最后一次在澡堂洗澡,刘宝平怯怯地走过来要帮古玉搓背,结果被三班长一膀子撞出老远。滚犊子!三班长瞪他,你他妈祸害连长还没祸害够是咋的?冬天澡堂漏风,刘宝平抱着胳膊哆嗦着,臊眉耷眼地在边上站了一会儿说,连长,你的包皮有点长呢,应该去做个手术,不然容易发炎。

啊,这个蠢货!古玉认为刘宝平最佳的去处应该是去场站军需股生产班种菜。只能是种菜,喂猪都不行。毕竟蔬菜属于植物,他多少应该比植物聪明一点,而猪看上去都比他机灵。万没想到分配名单下来,刘宝平的名字竟然列在警卫连一栏内。老话不都说了吗?没有带不好的兵,只有不会带兵的干部。行,我不会带兵,但我不会惯着兵。刘宝平说要去警卫连你们就让他去警卫连,他说要去中南海你也让他去?中南海我说了不算,警卫连我说了能算。反正我不要他!别给我扯那淡,反正这兵是你的了。你干啥非把他塞给我?他的命是你救的,他不跟你跟谁?再说了,这小子崇拜你——崇拜!哈哈!军务股长很开心地从办公桌上拿起两页纸扔给古玉,看见没?血书!我当了快二十年兵,还他妈头一回知道血书长啥样呢!

刘宝平的血书并不全是血写的,不过是在申请书的末尾涂了一行东倒西歪的血字，还用了三个惊叹号：

恳请组织上批准我去警卫连！！！

纸上的血迹干了是暗褐色的，看上去污秽又恶心，不仅毫不感人，反倒像他妈厕所里捡回来的。回到连里，古玉叫来了刘宝平。手伸出来！刘宝平像迎接军容风纪检查似的平伸出双手。手心朝上！刘宝平赶紧把双手翻转过来。写血书不是应该咬破手指的吗？可这家伙的十个指头完好无损。你的那什么狗屁血书拿啥写的？报告连长……他冲着古玉吐出了舌头。头一秒古玉以为他在做鬼脸，第二秒才反应过来。舌头！白腻的舌头！舌尖上一处猩红的创口赫然在目。你他妈的疯了？报告连长，我没疯。我原先是想着在指头上弄血的，问题是我这几天负责打扫厕所，怕指头弄破了不好干活……再说我又不咋说话，舌头破了就破了，反正也不影响啥。

古玉被刘宝平弄得没了脾气。后来他想，如果当初他坚决不要刘宝平，军务股长应该也会让步的吧？问题是他怎么能知道，刘宝平会那么努力地干着他力所能及的蠢事呢？他为什么偏要在这个节骨眼上告诉他这些烂事！昨晚十一点五十给马处长打完电话，他感到异常绝望。他从来没对自己出手的材料如此没底过，那十几页东西连他自己都没勇气回头看一遍。马处长肯定会大发雷霆，然后彻底击碎他想要纳编的梦想。他听到深夜走廊里马处长的脚步声时心跳如鼓。自己马上就要完了，他这么想，仿佛梦里刚刚捅死一个人而感到惊惧悔恨。他浑身僵硬地看着马处长端着茶杯走进来，拉过一把椅子坐到自己身边，右腿突然又痒了起来。

来，往下走。马处长盯着屏幕。走。再走。第一块，嗯，大差不差吧。再走。继续走。慢点，我看一下这里……还行吧，走。古玉小心均匀地转动鼠标滚轮，他突然发现马处长身上向来浓烈的体味消失了。他可能紧张得失去了嗅觉。他沉重而脆弱的心高悬在一根发丝上，等着马处长喷出怒火将它烧断，狠狠跌落在地摔成碎块。

然而马处长只是短暂沉默了一会儿。来吧，退回去，咱们从头开始，争取三点前搞完。古玉瞟了一眼马处长，没看出什么表情。他很少能在马处长脸上看出什么表情。马处长口述，古玉打字。在仓库这两年，古玉经常和马处长这样加班。他抽很多烟，马处长喝很多茶。他们有种默契，至少在工作上。马处长常会下达一些简短的指令，大概只有古玉能听懂。刷一下。古玉立刻把小标题刷成楷体字，或者把阿拉伯数字换成 Times New Roman 体。看刚才。古玉立刻会找到马处长要看的段落。长短咋样?古玉会选中某一部分查看行数。缩一下。古玉会删掉一两个字或者标点符号,以免段落末尾的一个字被孤零零地挤进下一行,因为马处长不喜欢让一个单字霸占一行。在肋巴滩的时候,军训科陈科长也会这么带着他加班。唯一的不同是陈科长会时不时地跟他闲聊。机关人事,家长里短,领导逸事,以及各种段子,他们还会为了某句话该怎么写而大声争吵,古玉记得自己很多时候都能占上风。行行行,你牛×!按你的写行了吧?×!陈科长似乎生气了,其实他并没有真生气。吵到兴头上来,陈科长会操起电话叫他家属赶紧弄点吃的送来。陈科长是张家口人,总说自己是"张家嘴"的。古玉最喜欢吃科长家嫂子做的老虎菜和拌着炸花生的拍黄瓜,如果加上一罐冰镇的"西凉"姜啤——他和陈科长多次向参谋长保证过这玩意儿绝对不含酒精,其实还是有一点儿的——那就完美了。

他和马处长从来没这样过。马处长不是个喜欢聊天的人。他似乎总在思考问题。有时候古玉觉得他挺像庙里的佛像,不管你在心里念叨什么都不会得到回应,而你却感觉他是知道的。所以这也没什么可比性。往昔的美好不都是时间添加的滤镜吗?原片也可能是灰暗的。陈科长难道没有劈头盖脸地臭骂过他吗？各种污言秽语，还龇着一口大黄牙。而马处长对古玉说过最重的话，也就是下午那次了。何况从仓库大门出发，一路向南五十公里就能到达灯光璀璨的雍城市中心；而从光秃秃的肋巴滩出发，他能到哪里呢？

又盛了一碗粥，还是没有冯诗柔的回信。他甚至想打电话问了，犹豫一下还是作罢。冯诗柔不喜欢电话。刚开始交往古玉就知道这点。他打去的电话冯诗柔要么挂断要么不接，接着会马上用微信联系他。古玉猜测她也许是不满意自己稍显尖厉的嗓音。只是猜测，因为古玉从来没问过她。其实他是喜欢打电话的。在肋巴滩的时候，他曾和场站财务股的朱晓琳谈过一段时间。他们常常在夜里打电话，最长一次通话时间将近六个小时，最后两个人都困得说不出话了。咱们睡吧。却又都舍不得睡。他记得那时的话语和呼吸声轻触耳膜，直接又感性，他很享受那种感觉。那是他平生最投入的一次爱情，导致朱晓琳调走几年了，他都没再谈过恋爱，一直到认识了吕少芬。那都是很久以前的事情了，他拥有的只是现在。所以在打电话的问题上，他会顺着冯诗柔。他会继续等待冯诗柔的回信。

你今天情绪不高呀。常宁宁笑嘻嘻地端着餐盘走过来坐在古玉对面,光吃粥?

你扣子开了。古玉扫一眼她短袖夏常服里露出的浅绿色内衣和一小片皮肤,注意点儿军容风纪行不?

反正平胸,又没什么光可走,没所谓了。常宁宁漫不经心地扣好扣子,说真的,早上出操我看你萎靡不振,还老下错口令……怎么回事?

没怎么回事。古玉说,我好着呢,就是昨晚加班太晚了。

你真写了一个通宵啊?常宁宁咬一口鸡蛋,蛋白上留下淡淡的口红印儿,马处长跟你一块儿加的班?

是啊。他计划三点推完,结果弄到快六点。古玉笑笑,我抽了能有半条烟,感觉嘴里跟他妈垃圾桶一样。

那你干吗不去睡会儿,还出什么操?常宁宁白他一眼,那么多啥活儿不干还睡懒觉不起来的,你跟他们比觉悟呢还是怎么着?

我干吗跟他们比?古玉嘴硬着,反正也睡不成了,去出操活动活动也挺好。

得了吧。常宁宁盯着古玉,马处人倒是不错,但好像也没到让你这么死去活来给他表现的份儿吧?

古玉被说中了,不免有些脸热,只好埋头喝粥。

你脸红啦？我也就是这么一说。你给马处表现也没什么不对。毕竟你家冯大夫户口不在雍城，你一时半会儿还真不能转业。常宁宁揪下一粒玉米放进嘴里，你是为这事儿着急吧？我昨天就感觉你整个状态不对，是不是马处给你说啥了？

古玉摇头。他倒希望马处长给他说点什么，遗憾的是马处长什么也不说。

那你怎么看着这么低落？常宁宁仰起脸看着天花板，小而翘的鼻尖向着天花板，让古玉想起动画片里的一只小狐狸，肯定有啥难言之隐对不对？是不是跟某个女人有关？哎呀，我最喜欢听这种事了，生活这么沉闷，没点八卦怎么行。快，说来听听！

常宁宁有种爽脆的聪明，仿佛肋巴滩能见度极高的早晨，你有时会在金黄色的光线里感觉到丝丝缕缕的清凉，迷人而不确定。不过这感受也许只属于他。作为仓库政治处的宣传干事兼心理咨询师，她负责的咨询室长期门可罗雀。唯一喜欢去的是齐胖子，不过每次都会被常宁宁赶出来。你他妈当这儿是男科医院呢？刚到仓库时，古玉曾听见常宁宁在走廊里发飙，想讨论可以啊，先把你跟你老婆性交的情况拿到会议室讨论好了！接着就是齐胖子噔噔噔跑走的声音。

你也不用太担心，真要说起工作，全仓库谁比你强？领导当然会照顾关系，但他们也得要人干活儿吧？常宁宁按她的思路宽慰古玉，你以为马处真喜欢齐胖子？真要留下的要全是齐胖子那号的，他还活不活了？

古玉笑笑，没吱声。有段时间，他也以为马处长讨厌齐胖子。有好几回马处长都沉着脸把齐胖子起草的材料扔在古玉桌上。你帮他重新弄一下吧，写的这叫什么东西？最起码的机关公文格式都没搞明白！古玉喜欢听马处长说这种话。贬低齐胖子好像就抬高了他古玉，后来他才明白，自己实际上一毫米也没变高。半个月前仓库组织体能考核，从引体向上、仰卧起坐到三千米跑，五个项目齐胖子全不及格。三千米他只跑了不到三百米就不跑了，引体向上更惨，连一个都没做成。古玉是训练参谋，考核成绩由他汇总上报。军官纳编的一个基本条件就是体能考核达标，所以古玉整理成绩表时心情不错，他认为光凭体能这一条，齐胖子都没资格跟他竞争。他兴冲冲地把成绩表呈送马处长审阅签字，可马处长瞅了半天却没签。先放我这儿吧，有空我再看看。他一看就是半个月，到今天也没通知古玉去取。

你俩真是形影不离啊。齐胖子端着餐盘一屁股坐在古玉旁边，聊啥呢，是不是又在背后说我坏话？

说你坏话还用背后吗？常宁宁哼一声，我当面也没少说吧？

那还是背后说吧，当面说太让人伤心了。齐胖子哈哈笑着，哎，你们听说没，李部长把走过的几个单位都给整蒙圈了。星期五老头去了油库，那边招待所房间给上了"软中华"，老头问他们用啥钱买的，油库丁主任想了半天说他自己出钱买的，哈哈哈哈，你们猜老头说啥？

不猜。常宁宁不耐烦了，你要说就说，不说拉倒。

扯淡！哈哈，不是说你啊，是老头说油库丁主任扯淡。齐胖子看着兴致不错，老头可真够狠的，这帮库头都快被他吓尿了。

哎，古玉，今早出操别记我啊。齐胖子见没人接话，吃了个包子后又说，我昨晚加班了。

你加班？古玉还没来得及说话，常宁宁先笑出声来，逗谁呢？

啥意思啊你？我就不能加班了？齐胖子把嘴里的包子咽下去，昨天下午老马打电话叫我进城去采购工作组用的东西，弄得我约好的酒都没喝成，这不算加班？还有，你上周五不也没出操吗,还说我!

我大姨妈来了,你呢?我一顿只吃半个包子,你吃几个?常宁宁冷笑一声,我年底准备转业,你转吗?

我干吗要转?我还要积极投身改革强军大业呢,咋,不行啊?齐胖子脸红一红,不过无所谓,我就是不出操又能怎么样?我还告诉你,我体能考核全都通过了,你不服?

啥时候通过的?古玉心里一惊,忍不住问,我咋不知道?

你现在不就知道了吗?齐胖子嘿嘿笑起来,上周宁主任让警卫排的人重新给我补考了,全部合格,成绩表我还拍了照片呢。齐胖子翻出手机照片在古玉眼前晃一下,怎么样,哥们儿还行吧?

古玉不想再听了,可又不好马上离开。他低头看着面前空空的不锈钢餐盘发了会儿呆,直到裤兜里的手机振动了一下。

刚问了一下肝胆外科,现在确实没床位,做手术起码要等三个月。冯诗柔终于回复了,实在没办法,你给你老师解释一下吧。

古玉愣一下。似乎哪里不太对,但他又想不出哪里不对。他端起餐盘起身离开。他得去办公室了,马处长正在等他。

5

挺好，就是感觉党委班子建设这一块还单薄了点，你们再充实一下，其他的我没什么意见。张政委很快翻完汇报材料，明天是宁主任代表仓库给首长汇报，你们主要看看他那里还有什么想法。

宁主任果然有许多想法。换句话说，宁主任对汇报材料不太满意。我说老马，你们就让我拿着这个去给首长汇报？宁主任把手上的材料翻得哗哗响，汇报应该聚焦主责主业，现在这里面反映得明显不够啊！咱们干了那么多事情，你不写，首长怎么能知道？所以我反复说，汇报重要就重要在这里，它是拿来在首长面前留印象、树形象的！李部长要求那么严，走过的几个单位都挨了批，咱们不能重蹈覆辙啊，你说是不是啊老马？

古玉直挺挺地坐在马处长身后，冯诗柔的微信却像街边的电子显示屏一样不停滚动。三个月。冯诗柔说起码要等三个月。三个月里，那些肆无忌惮的癌细胞什么事情干不出来？吕老师还等得了三个月吗？

……保障备战打仗我们抓得很有特色啊！上半年组织的抗敌袭扰演练搞得那么好，报纸都登了，应该浓墨重彩地讲，结果你看看，才写了三行不到！还有，营造练兵备战氛围我们做了那么多工作，围墙都刷成迷彩的了，营区里还竖了那么多灯箱标语……这些也都没怎么讲。再有就是你们提到的这些困难，像什么三号库老旧、电动叉车缺配套托盘，还有作业线沿途的伪装这些，我看还是别说了。说这些没意义。哪个单位没困难，不能见了首长就叫苦，对不对？

我主要考虑这些问题几年了一直解决不了，光三号库这事，年年上请示，到现在也批不下来。马处长想了想，那么大的库房，不说推倒重建，就是加固一次，没个三四百万元也拿不下来……

这个我当然知道。问题是咱们得想清楚，李部长这次到底是来干啥来了？人家首长刚刚上任，下部队主要是熟悉一下情况，咱们上来就给首长出难题，这恐怕不妥。而且你们想过没有，你提出来这么一堆困难，首长会怎么想？首长会觉得我们啥事不干，就坐在这里等、靠、要，那不是给人留话柄吗？宁主任说得有点激动了，点烟的手都有点发抖，老马，你是老机关了，又是老业务处长，你得把握住这个汇报的调子，对不对？调子不对，你再说啥不都是白扯吗？

明白了，我们马上改。马处长没再争辩，从宁主任手中接过了画了很多红线的汇报稿。从后面看去，古玉发现马处长微秃的头顶似乎又少了些头发。马处长一米八三的个头，不从这个角度观察，还真不容易看到他那一头浓密的头发也日渐稀薄了。

这让古玉有点内疚。昨晚推材料时，马处长本来是要把宁主任最得意的"抗敌袭扰演练"和"迷彩围墙"写充分一点的，可古玉建议还是简单写为好。你说说为啥？因为我觉得这事经不起说。古玉认为自己是实话实说。四月份组织抗敌袭扰演练时，古玉全程都在现场。是他拉响了库区的警报，然后拿着对讲机通知保管队在遭"敌"突袭时迅速隐蔽人员和物资。为了增强演练效果，宁主任让人把俱乐部的音响搬到了二号洞库前面，播放着飞机轰鸣和炸弹呼啸的音效，最可笑的是中间不知怎么搞的，还插进去了一段《谍中谍》的电影片头曲，弄得大伙全都笑了场。飞机自然是没有的，洞库上空盘旋的只有一架政治处用来拍摄资料用的家用无人机。宁主任原先的设想是用伪装网来遮挡码在作业场上的器材，但无人机传回的画面显示，洞库门前的水泥作业场铺上草绿色的伪装网之后，非但没起到任何伪装效果，反倒弄得更加醒目。于是他又临时命令保管队长把刚从库房里搬出来准备装车转运的器材全部搬回洞库，差点没把大伙累死。这还没完。演练结束后，战士们又得把那几百只铁箱子重新从洞库里搬出来装车，弄得广大官兵都一个劲儿地骂宁主任的娘。还有被刷成迷彩色的库房和围墙，看倒是好看，然而从伪装的角度讲，一大片迷彩建筑坐落在北山脚下的村落和民居之中，真要是敌机来袭，简直连地面引导都不需要了。至于营区里新栽的灯箱，老实说还不如在装卸场和作业线沿途多栽点树，如果把整个库区和周边的植被融成一体，那可比伪装网要管用多了。

行吧，先按你的来，不行再说。马处长采纳了他的建议，现在古玉又后悔自己多嘴了。宁主任说得没错。他干吗要把前几任欠的烂账算在自己头上？领导的眼睛是雪亮的，他怎么可能比宁主任高明呢？哪怕宁主任把围墙刷成肉色的，关他古玉屁事！自己多嘴牵连了马处长，让他很过意不去。仓库的人都清楚，去年仓库周主任转业，大伙都说马处长是最合适的接替人选，可来的却是宁主任。宁主任之前是后勤训练大队的副大队长，副团刚满三年就提升过来当了仓库主任，而副团干了快十年的马处长依旧一动不动，很像那栋红砖砌就的三号库房，即使快塌了，还得在那儿撑着。

你按着主任的意思再改一稿吧。路子不用动，把他说的内容加进去就可以了。从宁主任办公室出来，马处长给古玉交代着，上午我还得开协调会，没时间带你推了，你改这个没问题，好不好？

马处长的语气里听不出任何情绪。这大概就是领导的本事。古玉点点头，信心却不是很足。特别是想到吕老师就在离自己不远的市区时尤其如此。他住在哪儿？宾馆还是小旅社？谁陪他来的？他只有一个除了借钱从不登门的外甥，不太可能会陪吕老师来雍城。吕老师是不是快死了？刘宝平的信息里并没有关于病情的具体描述，但肯定不乐观，否则像吕老师那样固执的人，是绝不可能从水青跑到雍城来看病的。

那自己能做什么？好像也没什么了。冯诗柔就在肿瘤医院工作，她说住不进去，那就是住不进去。这样回复刘宝平，应该也可以了吧？不不，话不是这么说的。他并不是在回应刘宝平，他只是想求得一个安慰。刘宝平算什么东西？光一个五公里武装越野，他跑了差不多两年才过关。刚下连时他一听说跑五公里脸就会发白，跑一趟下来少说得三十分钟，喘得好像两只眼睛都在出气。自从搞砸了考核被古玉掐过脖子之后,他变得主动了些,有几次古玉经过机场,都看到刘宝平正在联络道上吃力地奔跑。联络道一个来回六公里,古玉不知道他能不能跑下来,也不想知道。爱跑就跑吧,能怎么样呢?年底考核时他虽然有了点进步,但依然是全连垫底的那个人。

那阵子古玉的想法就是让他两年服役期满后赶紧打背包回家,除此之外他没替刘宝平想过什么。连队那么多优秀的士兵需要他去想,刘宝平根本排不上号。他唯一正确或者说可行的出路就是按时退伍,即使他非常积极地递交了留队选取士官的申请书。这次他倒写得工工整整,没搞什么恶心的血书,不过古玉并不在意这个。他根本不担心刘宝平能留队,光凭五公里武装越野这一条就足够把他淘汰了。奇怪的是预选士官考核时,刘宝平居然通过了。古玉不知道他是怎么通过的,就像现在他不知道齐胖子是怎么通过体能考核一样。士官选取考核那天,刘宝平开始落在所有人后面,直到从北塔台折返时他才开始超过别人。他像是开了加力的飞机,越跑越快。古玉站在南塔台下的终点,眼睁睁地看着刘宝平向自己飞奔而来,他仰着脸大张着嘴,一手用力摆动,一手扯着枪带向自己飞奔而来,仿佛屁眼里正在喷出炽热的尾流,推动着他继续闯入自己的生活。

报告连长,我跑了第三名!刘宝平一直冲到他面前才停下,鼻孔里臭烘烘的热气喷在古玉脸上。他一把抓起刘宝平腰间的水壶晃了晃。他认为水壶一定是空的,令他失望的是壶中水满满当当。最后定名单时他还想把刘宝平拿掉,指导员坚决不同意。你想把别人拿掉我还可以考虑,刘宝平绝对不行。为啥不行?你说为啥?刘宝平的小命不是你给救回来的?我后悔了。后悔也晚了,你以为他这一年多每天早晚跑两个五公里是为了啥?废话,为了留队转士官。错!他是为了不给你丢人!

×,多他妈讽刺!刘宝平让自己丢的人还少吗?他简直就像盘踞在自己右腿坐骨神经丛里的那颗直径三毫米的钢珠,虽然不能影响他行动,却总是让他烦躁、酸痒甚至疼痛。他一直想把这颗残留的钢珠弄出来,医生却告诉他弄不出来了。看上去这颗钢珠要同无法抹除的记忆一道陪伴着他,直到几十年后从他的骨灰里滚落出来。医生弄不出钢珠,他也没弄走刘宝平,这一直令他耿耿于怀。如果刘宝平没转成士官,就不可能当上班长;如果没当上班长,就不会被指导员找去组织什么小合唱；如果不组织小合唱，他就不会去请县文化馆的吕老师来辅导；如果吕老师不来辅导，这节目就不可能在旅里的"八一"晚会上得奖；如果不得奖，就没必要请吕老师吃饭；如果不吃饭，就不会知道吕老师还有个女儿叫吕少芬，而吕老师也不会想把女儿介绍给他。那时候财务股的朱晓琳早已调回兰州并且结婚生女，而他每次探家也都会去相亲，最多时一周见过五个姑娘。倒也有姑娘对他印象不错，有两个还在手机里交往过几个月。问题是视频里的自己是二维的，无法触摸也无法拥抱。

他就这么和吕少芬开始了交往。那阵子他已经快三十岁了，父母、陈科长和参谋长都认为他应该成家了。这是人生中不可或缺的议程。他不知道和吕少芬在一起时算不算爱情。和朱晓琳相处时他会时而兴奋时而伤感，而和吕少芬在一起他是平静的。他唯一确定的是他不喜欢和吕少芬接吻。若要深究起来，他和冯诗柔的吻向来也浅尝辄止。他总是把吻当成判断距离的标尺，或是检测电流的万用表，他自己也不知道这样对不对。这些年里，大概只有一次是他愿意的。春天的一个周末，他搭常宁宁的车去市里。常宁宁回家，他去找同学吃饭。和平时一样，他们一路上听歌闲聊，听了什么聊了什么忘得一干二净，只记得常宁宁把车停在路边等他下车，他却回头跟常宁宁对视了几秒，然后探过身去噙住了她的嘴唇。他记得那鲜艳又柔软的感觉。常宁宁瞪大了眼睛，瞬间又闭上了。咱俩这是干吗呢？两人分开时，常宁宁飞快地笑了一下，别瞎闹了，好好找个姑娘结婚吧。古玉也不知道自己是在干什么。常宁宁是个带着四岁儿子的单身女人，在他的观念中，自己是不可能和这样一个女人结婚的。那他为什么要去吻她？他问过自己很多次，却从来也没想清楚过。

很多时候，他都想不清楚。但他终于还是给刘宝平回了短信。能问的人都问过了，住院至少要排上几个月。古玉斟酌着用词，原则是尽量客观并且保持距离，干等也不是办法，还是换其他医院试试吧。

短信一发出去，古玉立刻关掉手机，拔掉电话线，关上了办公室门。他已经尽力了。起码他这么认为。他一眼就可以望尽肋巴滩，却望不尽雍城。雍城，这个感觉中自相矛盾的城市。巨大而琐碎，繁华而冷漠。有时听冯诗柔说起医院如何人满为患时，他会生出一丝怪异的优越感，仿佛自己已经跻身高台，拥有了俯瞰奔忙众生的资格。而当吕老师连个医院都住不进去时，他又苦涩地意识到这个城市其实与自己无关。雍城只是个注满了人的容器。人是溶质，也是溶剂。人构成了城市，又被城市所淹没。此刻的他是一小滴飞溅在器壁上的溶液，如果不能尽快滑落其中，就会被彻底蒸发。他只能强迫自己去搜罗雍城的好处。肋巴滩没有雾霾，但有沙暴。肋巴滩没有生活，只有工作。肋巴滩倒是也有肿瘤，但没有肿瘤医院。肋巴滩夜空里布满了一文不值的星星，而雍城的夜永远是红色的。肋巴滩的单身干部宿舍楼靠着围墙，墙外村子里有只不要脸的鸡，每天早上四点半就开始扯着嗓门打鸣，弄得他没法睡觉。直到调走之前，他都想把那只鸡买回来弄死。这还不够吗？

他必须把跟肋巴滩有关的一切都忘掉。他手指翻飞，键盘发出的声音清脆密集，像轻武器实弹射击。宁主任主抓的抗敌袭扰演练、迷彩围墙和不锈钢灯箱极大强化了仓库全体官兵的备战打仗意识，全面锤炼了现代战争的核心保障能力，有力破除了长期存在的和平积弊，充分激发了大家投身强军实践的火热豪情。这不挺好的吗？他干吗要想那么多没用的？他飞驰在宁主任指引的思路上。那思路差不多有肋巴滩机场的跑道那么宽，可以起降现役各型军用飞机——天气晴好风速适中，只需要轻推油门，飞机便轰鸣着滑跑起来，接着柔和拉杆，机身抖动着离开地面——古玉觉得自己完全进入状态了。憋着一泡尿他也不去厕所，生怕一停下来就打乱了节奏。不到两个小时，宁主任和张政委提的修改意见基本上已经落实到位，只需要再从头顺一遍就可以出手了，而右腿中那颗充满了自我意识的小钢珠竟然也知趣地平静下来。

古玉你干吗呢？电话都不接！常宁宁猛地推开门，找你的电话打到我那儿去了，我给了你的号，结果人家又打过来说没人接！

我把电话线拔了，正赶材料呢。古玉说，谁打的？

我哪儿知道？我问了，人家不说。还是个保密电话，没有来电显示。常宁宁转身往外走，你赶紧接啊，不然人又打我那儿去了。

古玉犹疑地揪过电话线头，刚塞进插孔，电话立刻响了起来。

你好，业务处古参谋。他换成工作口吻，请问哪位？

是我呀连长。耳朵灌进呼呼啦啦的呼吸声，我是刘宝平，你的兵宝平！

古玉僵在了原地。这声音仿佛肋巴滩的风，他已经很久没被吹到，并且以为永远不会再被吹到。那粗粝坚硬又永不止息的漠风总是吹得他灰头土脸皮肤皲裂,即使待在房间,它也会在窗外徘徊,在门缝呜咽。风声是肋巴滩永恒的背景音乐,而雍城,只有无尽的车声。

谁让你打到这儿来的?古玉把口气放冷了些,有事赶紧说,我还忙着!

连长,我刚收到你的短信,想给你打电话结果你关机了……

收到就行,没必要给我报告。古玉低头揉着电话线,现在就是这么个情况,肿瘤医院病人太多,我也没办法。

是是,我知道,大地方的事情有时候还不如咱肋巴滩好办。我问了县医院的大夫,说吕老师可能等不了多长时间了,我本来也不想打扰连长,问题是吕老师他……你知道他本来就瘦的对吧?现在瘦得连个人形都没了,脸也是青的……我想着连长你再咋说也在城里……刘宝平停了停,使劲说了一句,连长,你不能再想想办法吗?

不是给你说了没办法吗?古玉知道刘宝平的那股黏劲儿又上来了,能找的人都找过了,没用!

我知道我知道,我意思是……连长,你不是认识保障部的一个领导吗?我听旅里的人说,你认识保障部的领导,一个姓栗的处长，我特意打听过了，保障部直工处的处长确实姓栗，糖炒栗子的栗，应该是这个栗处长吧？刘宝平小心翼翼地往古玉耳朵里塞着话，连长，保障部不是管后勤的吗？咱们场站都归他们管的对吧？他们肯定跟地方上的大医院都熟悉，你能不能找找那个栗处长，让他给想想办法？你调动那么大的事情他都能办，这事他应该也能帮上忙吧？我感觉——

你感觉个屁！你叫我找谁我就找谁？你他妈有什么资格给我下指示？古玉抓着听筒破口大骂，仿佛瞬间回到了肋巴滩场站警卫连的操场上。那时候总有近百号人背着枪齐刷刷地站在对面听他训话，就算是狂风裹着沙石横扫过来都纹丝不动。那时候的他威风凛凛理直气壮，而现在却像个骂街的泼妇，刘宝平你给我听清楚，我他妈不认识任何领导！

连长你别生气，我也不想惹你生气。刘宝平沉默了一会儿，又从古玉倾泻的怒火中重新探出头来，我知道自己给你惹了好些祸，你不想睬我也是应该的。我就是想着吕老师人挺不错的，现在身边又没个人照应，要是吕少芬在的话还好说，现在……连长，我没别的意思，你要能帮就帮一下他，实在帮不了……就算是我给你最后再惹一次祸吧。

古玉闭上了眼睛。他不知道说什么好了。刘宝平怎么这么平静？噢……是的，他早已不再是当年那个手足无措的列兵，而是个服役第九年的上士了。带过兵的人都清楚，老兵总是最有主意的，不管他曾经多么幼稚可笑过。古玉拿着听筒睁开眼，突然看见常宁宁还站在门口，默默地望着他。

我再打听打听吧。古玉的声音低沉下去，不过够呛能有啥结果。

谢谢连长，给连长添麻烦了。刘宝平似乎高兴起来，连长你挺好的吧？

就那样，没啥好不好的。古玉没有正面回答。他怕一回答，刘宝平就会误以为自己愿意同他聊天了。他也许又会像从前在连队那样，没事就跑来站在古玉身边东拉西扯，像只讨厌的苍蝇嗡嗡着，挥之不去。

连长你多保重，我先挂了。刘宝平犹豫一下，连长，我……我挺想你的。

连长。从新兵连开始，刘宝平就喊他连长，一直叫到现在，即使他早已不再是连长了。他想起那年秋天，自己重感冒烧到四十度不退，刘宝平在医院守了整整两天两夜，谁来换班他都不让。他整夜都在不停地弄湿毛巾给古玉降温，体温终于下来时,刘宝平居然哭了起来。我他妈又没死,你哭个屁!古玉记得自己这么训过刘宝平,而他赶紧拿起手里的湿毛巾,手忙脚乱地擦去脸上的泪。

那已经是很久以前的事了。肋巴滩的那些年里,刘宝平始终对他忠心耿耿唯命是从,永远都用崇敬的眼光看着他。也许真像当年分兵时军务股长说的那样,刘宝平崇拜自己。他希望像一颗卫星似的永远围绕着自己这颗行星旋转。问题在于,他不需要别人崇拜。他没准根本就不是一颗行星。他可能只是漫漫宇宙中一块孤独又冰冷的陨石,从不确定下一秒会飞向何方。

6

根据反复修改的迎检方案,周二上午李部长工作组行程安排如下:

一、步行前往作战值班室检查库区安全监控系统,并与保管队北山二号洞库执勤官兵视频连线(指定干部战士各一名做好连线准备,业务处提供应知应会内容,政治处提供简短表态发言),时间约十五分钟。

二、乘车前往北山库区，换乘电瓶车进入一号洞库检查装备器材储存保管情况（保管队彭队长负责现场介绍），时间约三十分钟。

三、乘车前往军械站台现场查看器材收发作业，同时组织应急机动分队拉动演练（携带全套装具及空包弹），时间约三十分钟。

四、乘车前往四号库房检查装备器材条码管理，并在四号库房作业场观看叉车驾驶技能展示，时间约二十分钟。

五、乘车返回办公楼三层党委会议室，听取仓库工作汇报并讲话作指示，时间约一小时。

事实上，在古玉做的最早一版迎检方案中，还有两项内容。一是去三号库房现场查看房屋危旧情况；二是进入北山二号洞库体验湿度过大的问题。现在不用了。宁主任直接否掉了第一项，又把检查二号洞库改成了视频连线。对此马处长没再说什么。他只是业务处长，宁主任才是军事主官，相比之下，宁主任压力更大。前方友军战况不利，几个历来先进的迎检单位已被李部长迅速攻陷，这令仓库领导们深感焦虑，怎么安排都感觉不托底。迎接工作组的"马奇诺防线"多年来都十分牢靠，可万一李部长偏要"穿越阿登森林"呢？

这不啻一次复杂的想定作业。例如，从高速出口到仓库这段路上到底要不要设调整哨？如果安排了，李部长可能批评他们兴师动众迎来送往；真要不安排，谁知道李部长心里会不会不舒服？还有午饭，到底怎么安排？惯例都在招待所小餐厅，可李部长要去连队吃怎么办？还有工作汇报。据最新消息，李部长今天上午在机关直属保障队检查时，对队长照稿子念汇报很不满意，现场要求脱稿。队长是营房助理员出身，跟包工头打交道是把好手，脱稿讲话却不在行，立刻就傻在了那里。眼下宁主任的汇报稿是准备好了，但也是准备拿去念的。如果李部长心血来潮让宁主任脱稿，麻烦就大了。敌情不明是兵家大忌。李部长当然不是敌人，只是从某种意义上说，他比敌人更难对付。宁主任一接到通知就开始四处打电话搜集情报，先找的就是刚被李部长批评过的几个单位。人家正自郁闷着，哼哼哈哈半天也不愿把检查的具体细节和盘托出——我们挨了批，你们还想受表扬？要死大家一块儿死算了。宁主任无奈，又让马处长去问机关的熟人，试图套取一些李部长的喜好。难办的是首长刚上任，机关也被批得鸡飞狗跳，得到的回答全是"正常安排"或者"该咋办咋办"之类的敷衍之词。最后宁主任七拐八绕，把电话打到了多年未曾联系的军校同学那里。那人倒曾在李部长手底下干过几年，可他只当宁主任在胡扯——他印象里的李部长在航空兵师当副师长的时候千杯不醉，酒量全师无人能出其右，怎么可能像宁主任说的那样滴酒不沾呢？

求援无果，仓库只能孤军死守。从前的套路不好使了，新的套路尚待研发，最后只能双管齐下，把弓箭和步枪都背在身上，让歼-7E和歼-10C编队起飞。调整哨不搞了，改用引导车在路口迎候。招待所照常准备午饭，机关和连队两个灶也各加两个硬菜。至于汇报材料，古玉改了一上午，快下班时才把稿子呈阅。宁主任叼着烟，把个材料翻来翻去，好一阵不言语。古玉站在一边，只怕宁主任又提出什么意见。他脑子已然发木，感觉自己再也改不动了。

工作差不多就是这些了，关键是首长要让脱稿汇报怎么弄？宁主任皱着眉头扫一眼古玉，你们马处长怎么考虑的？

除了直属保障队，其他单位也没这样要求。古玉认为他代表不了马处长，自己又提不出什么建议性意见，只得试着宽慰一下宁主任，我觉得首长应该不会让脱稿的吧？

你觉得？你还能替首长觉得？万一首长让脱稿呢？我是搞不懂你们马处长，一个汇报给我写了十五页！谁能背得下来,他能背下来?宁主任摘下眼镜揉了揉眼角,你们这机关,真是让我无语啊!算了算了,材料先放我这儿,忙完了我再找你们!

这话古玉当然不会转达给马处长。他自保尚且困难,不可能去掺和领导之间的事,哪怕他真切地替马处长感到不平。原想午饭后回宿舍眯一会儿也不行,整个中午,所有人都在打扫卫生,业务处负责机关楼到库区大门道路两侧的卫生区。马处长一身短打推着割草机,碎草飞到半空,落得他满身都是,空气中弥漫着草汁的腥味儿。

打扫完卫生,马处长让古玉通知几个基层主官来开会,又交代他去四号库,盯着装卸班的人把叉车展示的项目认真演练一下。条码管理那些都好说,关键是叉车表演,好久没搞了,你得让小徐多练几次。马处长眼圈有些发黑,精神却很抖擞,你告诉小徐,这是宁主任最看重的亮点,千万别搞砸了!

快到四号库作业场,古玉远远就看见保管队的四级军士长老徐和几个兵正坐在墙根玩手机,叉车停在一边根本就没动。

徐班长,主任政委马上要来检查了,大家伙儿不能都坐着啊。要搁在肋巴滩警卫连,古玉早就开骂了,可他现在必须得赔着笑脸,宁主任专门说了,你这可是咱们仓库的压轴戏,明天就靠你出彩呢!

噢,这会儿领导又想到我了。老徐打着游戏,头都不抬,去年底评功评奖的时候,不是说我这个是雕虫小技,不符合实战化要求吗?今年我咋又成了压轴的了?

去年是周主任,今年是宁主任嘛。古玉赔着笑好说歹说,老徐才很不情愿地收起手机上了车。演示的第一项是四台半吨的野战叉车进行快速装卸作业,第二项是四台叉车排成一路纵队在标杆间前进、倒退和曲线行驶,第三项则由真正的男一号老徐担纲。他的绝活由两部分构成,先是在货叉上固定一根钢片,然后拿这根钢片来开可乐瓶盖,"叭"一个,"叭"一个,固定在铁架上的十瓶可乐被一瓶瓶起开,简直比饭馆服务员还快。几个兵喝着老徐起开的可乐,乐不可支。接着把钢片取下来,换上一根十来厘米长的细钢丝,老徐将操纵叉车,把这根细钢丝穿进铁架上一根大号钢针的针眼里。

在叉车的轰响中,古玉盯着那根微微颤动的细钢丝。钢丝是确定的,针眼也是确定的,但能不能穿进去却是不确定的。不确定的事物往往令人焦虑。老徐一共试了三次,头一次没成功,后两次成功了。

怎么样，还行吧？老徐在车里哈哈笑，古参谋，你是管训练的，得帮我给领导反映反映啊！我当了十六年兵，开了十六年叉车，全保管队没人比我更熟悉这东西了。你们要是觉得这活计以后还得给首长看，那年底转三级军士长的事就应该考虑一下我。要不然明天李部长过来，我这针可不一定能穿进去啊！

古玉笑着，继续看他们在作业场上演示，直到所有的流程走完两遍，才拍拍老徐的肩膀告辞了。老徐说什么他不担心。不管他说什么，他都不可能故意不把钢丝穿进针眼。每个人都是这样。每个人都要揣测、试探、迂回，在话语的齿轮中涂上滑油，以便继续以咬合的方式和谐相处。当初他向吕少芬提出分手时也是这样。在肋巴滩的最后几个月，他没有给任何人讲过自己调动的事已经差不多要办成了。他不说不会有人知道，因为那完全是个巨大的意外。他开始故意不接吕少芬的电话，收到微信也很久才回一个"好"或者一个面无表情的表情。他开始找各种借口不再去吕老师那儿吃饭。古玉知道，用不了几天吕少芬就会问他到底是怎么了。他当然不会告诉吕少芬调动的事，他只是一口咬定他父母不同意他在肋巴滩找对象。这对他来说是件异常艰难的事，因为这个借口听上去连刘宝平都不会相信。所以刘宝平才会跑来问他。

连长，你真的要和吕少芬断了吗？

滚一边去，关你他妈的屁事！

刘宝平问，他可以这么说。吕少芬问，他却不知道怎么说才好。他没办法说实话。实话从来不是好话。他不能说，在她和雍城之间，他只能选择后者。他不能说，她只是自己在肋巴滩那荒凉时光中暂时的慰藉。他不能说，自己从来也没有在她身上感受过激情和痛苦。和吕少芬最后一次见面时，她哭得几乎喘不上气来。古玉从来没见谁那么哭过。那就这样了是吧？平息下来之后她轻轻地自语着，嗯，好吧，我懂了。古玉一度怕她会出什么事。不是担心她，而是担心自己。真要那样的话，他调动的事可能就会黄了。古玉那时唯一关心的就是这件事。好在吕少芬是个柔软又坚硬的姑娘，而古玉从前并不真的了解她。那次见面真是太要命了，古玉整个人都是僵硬的，像棵枯朽的死树，只要拿手指轻轻一碰，咔吧，枯枝便会应声而落。不论当面还是背后，他都承认自己对不起吕少芬。他不该去占用她的时间和情感，那都是她生命的构成部分。他唯一聊以自慰的是他并不真的爱吕少芬，可什么又是爱呢？他回答不了。也许爱情跟塑料差不多。什么乙烯、丙烯、酸酯之类，大家每天都离不开它们，却没人真能搞得清那究竟是些什么。

他走在空旷的库区，远处是涂成迷彩色的围墙。刚调来时，他很喜欢这里的安静，偌大的库区常常见不到一个人。后来他却很怀念肋巴滩机场上的轰鸣声。那金属质地的巨大噪音曾令他厌恶，奇怪的是它们又在回忆中雄浑激昂起来。这到底是怎么回事？人的感觉为什么这样飘忽不定？或许他从来都是迷惑的，他甚至都没搞清楚过自己究竟为什么非要削尖了脑袋调来雍城。这个念头也许是在被朱晓琳甩掉之后就种下来，然后被肋巴滩的烈日和漠风滋养长大，直到整个脑袋塞满了坚韧扭曲的藤蔓。他已经来到了雍城，而藤蔓并未消失，它们依然在生长，以致他透过那些细小的缝隙，始终无法看到任何一张完整的面孔。他唯一确定的是那些面孔仍隐藏放在藤蔓深处，它们只被掩盖却从未消失。

是的，是这样。刘宝平不正在藤蔓之间呼唤他吗？让他想起自己曾在吕老师家里喝过那么多次酒。他还非要教古玉划拳。你以为我不知道你们那啥禁酒令？划拳是划拳，喝酒是喝酒，谁给你说的划拳就等于喝酒？我还和人家划拳唱歌呢，咋就不行了？咦，你咋不喊？不喊你划啥呢？你一喊酒劲就散掉了,这是有科学道理的懂不懂?来,戴一个帽啊,就是只喊一个哥俩好。咋又是五魁首?给你说了水青划拳不带五!五这种拳,咋划都能赢,有啥意思?你以后是水青的女婿,你不按水青的规矩来咋行呢?来,再来一次,听我的啊,兄弟两个好上……吕老师喊"兄弟两个好"时一本正经,常引得古玉忍不住笑。等他学会划拳后才发现,吕老师的拳其实烂得要命,他最爱出二喊四、出四喊七,十次有八次会被古玉逮个正着。水青划拳喝酒的规矩是一次六拳,一拳一杯,赢二输四,几个回合下来,古玉还没怎么着呢,满脸通红的吕老师就已经坐到了钢琴前开始演奏了。在吕老师家,他听了很多钢琴名曲,可他最爱听的却是老头用极其流畅的轮指演奏《阿尔罕布拉宫的回忆》,而那本来是一首吉他曲。几乎可以说,他是冲着这个可爱的老头才去和吕少芬交往的,比起女儿,他可能更喜欢父亲。吕少芬是多么安静啊!她不爱说话,永远只是点头或者微笑,以致古玉很少能回忆起他们相处那段时间里,究竟都聊过些什么。

现在一切都凋落了。到雍城刚七个月的一天,刘宝平在短信里告诉了他吕少芬出车祸去世的消息。他没有回复。这可能是他自从有了手机以来唯一没有回复的信息。他不知道如何回复。他应该回复的,哪怕只是问一问具体情况,可他的确没有回复。刘宝平说事故出在312国道上,吕少芬夜里开车时跟一台货车追尾。他在网上找了很久,并未找到相关的事故报道。312国道长达数千公里,每天都可能发生事故,而吕少芬的这起事故或许小得不值一提。她为什么要夜里开车?古玉同她分手时,她还在驾校学车,科目二考了两次都没过,一次折在了倒车入库,一次折在了坡道起步,她还在那儿傻笑。不是能考五次吗,还早着呢!第三次考得怎么样古玉就不知道了,看样子应该是通过了。那她出事是什么原因?超速?酒驾?还是别的什么?他没问,也不可能再问了。

出了库区大门刚到路口,一辆吉普车在他面前停下来。你搞什么呢!齐胖子从车窗里探出脑袋,马处长正找你呢,领导电话你也敢不接!古玉摸出手机,果然有马处长的两个未接电话,应该是被刚才的叉车声盖过了。古玉答应着走了两步,又停了下来。胖子,肿瘤医院你有熟人吗?肿瘤医院啊……好像还真没认识的,谁他妈没事谁想去那儿看病啊。齐胖子眼珠转转,你要说部队医院的话我还能帮你找到人……哎,你他妈逗我呢是吧?你老婆不就是那医院的吗?

古玉逃也似的走开了。赶回办公室,正靠在椅背上闭目托腮的马处长立刻坐直身子。果然没什么好事。宁主任终于想出了解决脱稿汇报的高招。他要求准备两个版本：一个是十五页的完整版，汇报时与会人员每人打印一份；另一个则是不超过八页的缩写版，让政治处会写书法的士官小李抄在自己的笔记本上，一旦首长要求脱稿，宁主任有这册孤本在手，应付下来绝无问题。

意思明白了吧？宁主任说这个叫干货版。就这点干货，要你去汇报，你闭着眼睛也能说个一二三出来吧。马处长罕见地露出一丝讥讽的笑容，不过立刻又收了回去，宁主任既然要求了，你就善始善终吧。弄完不用给我看了，直接呈给宁主任就行。马处长停了停，忙完这个工作组，这两天我尽量不给你派活儿了，让你也休整休整，下周好安心地带队去西藏押运，好不好？

古玉本想说这个"干货版"可能比完整版更难写，可马处长的最后一句话把他嘴给堵上了。回到办公室，古玉坐在电脑前发了会儿呆，然后摸出手机给冯诗柔发信。他们不是已经领证了吗？那就不应该再有求人的感觉。他想他可以再试一次。他盯着手机，好在这次冯诗柔回复得很快。

我又问了一下，等床位的人太多了，真的住不进来。冯诗柔加了一个"流汗"的表情。

好的,明白了。

你会陪你朋友来医院吗?

为啥,不是说住不进去吗?

住院现在确实不行,我是想问你会不会陪你老师去门诊看。

应该不会,这两天太忙了。

没帮上忙,你不会怪我吧?

怎么会,你又不是院长。

假如你要带病人来的话,一定提前给我说一声,这几天我们也忙,不一定在。

好的。古玉最后回复了一句。文字无疑也是有语气的,冯诗柔的语气似乎和平时不太一样。也许是因为没帮上忙而过意不去?从早上到现在,她甚至连朋友圈都没更新。平时古玉吃早饭的时候,她至少已经发过一条了。车流。朝霞。花朵。瑜伽。海滩。小狗。戒指。咖啡。食物。还有很多胖乎乎的猫,虽然古玉确定她并没有养猫。最多的是自拍,特别是嘟着嘴的照片。冯诗柔说她嘴唇薄,嘟起来会好看些。可现在最新的一条还停留在昨天下午。不过他没时间去考虑这些了。他还要去写宁主任要的"干货版"。他已经做了他所能做的一切，至少他自己是这么认为的。

桌上的电话响起来，古玉仔细地看了来电显示，确定是保障部战勤计划处的号码才接起来。

小古，我是王参谋。明天上午李部长工作组名单改一下，直工处曹副处长不去了，换成栗处长去。电话那头的口气稀松平常，而古玉听着却像个噩耗，栗处长名字知道吧？栗建中，建设的建，中国的中，给你们领导报一下啊，就这事儿！

放下听筒，右腿却冷不丁地痒了起来。古玉伸出手去揉腿，可无济于事。他怀疑那颗令医生束手无策的小钢珠可能卡在了某根神经枝杈当中，他愤怒地冲着大腿侧面猛击几拳。这下好了，小钢珠生起了气，它大概是使劲蹦跶了一下，一阵剧痛瞬间爆发，疼得古玉差点叫出声来。一口冷气倒吸进去却半天吐不出来，他双臂死命抱住右腿一动也不敢动。不知道过了多久，疼痛渐渐消退了，他仍抱着大腿在椅子上蜷缩着，像一条可怜的狗。

7

会议室没什么可说的，长得都差不多。唯一的变化是胡桃色大会议桌蒙上了迷彩布,看着有点儿晃眼。宁主任对这块灰蓝色数字迷彩桌布十分满意,昨晚铺桌布时还专门上来看了一眼。他表示,落实实战化要求就是要从细节做起,后面他还打算定做一些迷彩文件袋和迷彩封面笔记本发给大家,以期进一步增强仓库官兵的备战打仗意识。正往一头扯桌布的齐胖子听了连声叫好,因为这桌布是他周日在城里定做,昨天下午又去城里取回来的。至于怎么把那十几把又大又沉的黑色革面软椅搞得更加实战化,宁主任暂时还没想出办法,所以只好先这么用着。

会场内众人两侧分坐——李部长工作组靠窗,仓库常委班子靠墙。也不完全靠墙,他们背后还放着一溜窄桌,坐着会务组的几个人。古玉的任务是给首长讲话录音并在会后整理讲话稿。但还早,还没到"请首长讲话作指示"的时候。这会儿仓库宁主任正在给李部长汇报工作。他面前放着棕色的笔记本,那里面抄录着古玉绞尽脑汁炮制的"干货版"。可惜这活儿白干了,因为李部长并没有要求脱稿汇报。没人知道李部长为什么没让宁主任脱稿,大家都在揣测领导,于是领导变得更加难以揣测。这可能跟刚才老徐的叉车穿针有关。到四号库房之前,李部长一直面无表情,除了问一些专业上

星　光

的问题，没有一句多余的话。陪在李部长身边的宁主任不停出汗，短袖夏常服几乎湿透了。检查的前半程气氛都很紧张，直到老徐操作叉车成功地把钢丝穿进针眼，李部长的表情才微微活泛起来。他从随行参谋那儿取来自己的花镜戴上，凑到货叉尖前仔细端详，然后笑了起来。嗯！李部长点点头。毫无疑问，这代表着表演取得圆满成功。来，小伙子！李部长甚至还拉过老徐合了影，这绝对算得上是锦上添花。就此开始，整个气氛变得松快了些，至少跟在后面的古玉感觉如此。

最高兴的当然是宁主任。对李部长这样标准高要求严的领导来说，不批评基本等于受表扬。他声音洪亮地念着汇报稿，显得有了些底气。古玉坐在后排常宁宁旁边，假装在稿子上勾勾画画，虽然他是最不用看这稿子的人。上午的阳光正披在李部长背上，肩上一颗金色星徽闪着光。刚上军校时，古玉也想过自己哪天能当上将军，后来他就不想了。金星过于遥远，而他只能停留在地球上。

身边的常宁宁抓起桌上的相机，起身去给领导拍照。刚才李部长检查时她也一直在跟拍，其中的一些照片将会出现在办公楼前的灯箱里。天天给领导照相，相机都快吐了。想起刚才常宁宁在会议室门口的话，古玉觉得有些好笑。常宁宁的迷彩服显然是领小了一号,穿在身上很显身材。古玉的目光一直抵着常宁宁背影,像双机编队的僚机盯着长机。正盯着,常宁宁在会议桌前突然转了个身,古玉的目光瞬间从她纤细的腰肢上滑开,猝不及防地跟栗处长撞在了一起。脑袋里"砰"地一响,宛如金铁交鸣,震得他浑身发麻。天啊!他赶紧低下了头。他见识过栗处长的眼神,像是明晃晃的刺刀,而他无力与栗处长抗衡。

古玉不敢再乱看了。他强迫自己集中精力,埋头听着宁主任的汇报稿究竟念到了哪儿。第二块,第三点……正念着,李部长却一下子截掉了宁主任的话头。

我插一句。李部长取下花镜,你们这汇报是谁搞的?

宁主任立刻停了下来,会议室瞬间毫无声息。古玉赶紧按下录音笔的红键,可李部长只说了这一句就不说了。李部长在等待回答,然而这个问题不怎么好回答——谁也无法判断李部长这话究竟是什么意思。即使从侧后方观察,古玉也能看出宁主任被问蒙了,像个被老师叫起来提问的小学生。小学生答不上来可以红着脸说不知道,宁主任可以红脸但不能说不知道。

首长,我报告一下,这个汇报材料是我们业务处的马处长牵头起草的。宁主任终于反应过来,伸手指了一下马处长,我们马处长以前在保障部机关干过参谋,干过秘书,又是仓库的老业务处长,经验是很丰富的。

噢……还干过秘书。李部长点一点头,给谁干过秘书?

古玉忍不住抬起头。所有人都看着马处长。马处长端坐在桌前,声音不大却很清晰地说出了一个名字。古玉在肋巴滩时就知道这个名字,不仅如此,他还亲眼见过这个名字的主人。那会儿他在警卫连当连长,曾在队列前跑步向他报告,并和指导员一起陪同这位相当平易近人的将军检查过连队。搞得不错,搞得挺好。古玉至今记得他很长的眉毛,以及听上去漫不经心而又言简意赅的评价。来仓库以后,他才知道马处长曾给此人当过秘书,只不过干了没多久便从保障部机关下到了仓库当了业务处长。虽然是副团职平调,但从大机关到这个小仓库,实际还是贬了。几年后该将军落马,有关部门把马处长叫去配合调查,大家都以为这就算是永别了,谁知道没过一个月他又回到了自己办公室。古玉最初听到的版本是说,马处长因为多次犯颜直谏惹恼了首长,才从雍城市中心的机关大院贬逐到了这个北山脚下的团级仓库,走的明显是范仲淹的路子。但齐胖子不这么认为。哪儿有那么不要命的？不要脸的倒是有。齐胖子哼哼着，那是因为老马有狐臭，秘书才干了三个来月就熏得首长受不住，这才把他弄走的，不信你们去闻啊！

古玉很不喜欢齐胖子这个版本，即便他此刻确实能闻到马处长身上那股不太友好的味道。他看不到马处长的脸。他只是感觉马处长的头发似乎又少了些。

宁主任你接着说啊，愣着干什么？我批评你们了吗？没有嘛！李部长怔一怔，重新戴上花镜，嘴角咧了一下，听你刚才讲的那个防空袭演练，有那么点意思，最起码反映了你们仓库党委的备战打仗意识。不像有些单位，思维还停留在过去，跟不上当前的形势，这怎么行，是不是？

宁主任抹把汗，清清嗓子继续汇报。念到每一页末尾，会场上就会响起大家一起翻页的哗哗声，像是海水冲过沙滩，抹掉了所有的脚印。但那些脚印曾经存在过，不是吗？刚才那个名字是马处长的一小片过去。人人都有皮肤一般的过去，即使长出了斑点布满了皱纹也依然须臾不可分离。古玉抬起头来看一眼坐在李部长身边的栗处长，他正拿着笔在面前的汇报材料上勾画着。一个念头气泡般在他脑海里冒出，一串接一串，起初他不确定那是什么。如果不是刘宝平，他从来没往栗处长这里想过。他只看到海面泛起异样的波纹，接着涌起白色的泡沫，突然间，一头巨鲸从海中跃起又轰然落下，黑色的皮肤在阳光下闪闪发光。

你看，首长表扬你了吧？下楼去招待所吃饭时，宁主任笑哈哈地拍着马处长的肩膀，我这人就是这样！该你们露脸的时候，绝对要把你们往前推的！

吃饭轮不到古玉参加，其实他也不想参加。和领导吃饭本质上是一项工作，而此刻他只想办点私事。等领导们鱼贯进入餐厅，他快步上了二楼，钻进了楼道尽头的卫生间。昨晚陪着马处长过来检查准备情况时他已经看过了，二楼每个房间都带卫生间，所以楼道尽头的公用卫生间不会有人去。卫生间的地形也十分有利，只要从里面出来进入走廊，经过的第一个房间门上就贴着红色的名签：栗建中。

他关上隔间木门，坐在马桶盖上抽烟。楼下餐厅里的说笑声隐隐传来，而他像个纠结的刺客。他要去找栗处长，而栗处长肯定不想见他。他们本来就没有任何关系，按说也不可能有任何交集。他们只是彼此的一个意外。很久之前的那个晚上，古玉借着来雍城出差的机会跑到战区空军机关大院门口，只是想求见人力资源处分管干部调配的干事。那是他绕了好几个弯才联系上的老乡,他想去打听一下调动的事情,可人家全然没有想见他的意思,不耐烦地挂断了电话。我说了不要来不要来,你怎么听不懂话呢?古玉在站着双岗的营门外徘徊了很久,直到一个剃着平头的便衣暗哨走过来盘问他,他才讪讪离开。他在夜色中往地铁站走,一路上用力发誓再也不去求人办调动了。那本来就是个梦,已经损耗了他大部分的平静和工资。他应该消停下来,老老实实待在肋巴滩,看战斗机起降,跟吕少芬结婚,这并没什么不对。起初不甘于命运,最终又屈从于命运,大家不都是这样的吗?

总的来说,那是个离奇的夜晚。大概也只有夜晚才充满偶然和悬念。闷头走下地铁站又长又陡的台阶,一声惊呼唤醒了他。隔着台阶中央的护栏,一个人从高高的台阶上滚落,一直滚到台阶中间的平台上才停下来,那又重又钝的声音听得他心惊肉跳。他四处张望着,如果就近有别人,他可能就那么走了,他没心情管这些闲事。奇怪的是当时还不到九点钟,而视野中除他之外却空无一人。他待在原地犹豫了一下,这才跳过护栏跑了下去。那个穿着红色羽绒服的老太太在地上蠕动呻吟,额角和嘴里流着血,看样子摔得不轻。古玉唯一能做的就是拨打 120 电话,从台阶上捡回了老人飞掉的鞋,然后守在老人身边。

急救车来得很快，古玉帮着医生把担架弄出地铁站，又把老人送上车。如果他就此离开，一切会很完美。他将像蝙蝠侠一样扶危济困，然后背对着鲜花和赞美，大义凛然地消失于暮色。令他意外的是，把老人送上急救车后，他却没能下来，因为老太太一直抓着他的手不肯松开。那时他不可能知道，老人有一个叫栗建中的儿子。现在再让他选，他宁愿选择不去知道。他不应该接过老人的手机，去帮她给儿子打电话。当他从老太太口中得知，即将匆匆赶来的那个中年男人居然是战区空军保障部直属工作处的处长后，又决定继续等在手术室外面。他脑袋里一定有个病毒程序被激活了，完全管不住自己。第二天中午，他又鬼使神差般地坐了二十几站地铁跑来医院，还在医院门口买了一大束鲜花。那是他平生唯一一次买花，送给了一个老太太。或者说，送给了有个处长儿子的老太太。他知道会在病房里再次见到栗处长。他必须抓住这个机会，这个机会是他自己争来的，难道不是吗？如果他只是把老人送进医院就悄然离开，像一个真正的好心人那样，那么他会心安理得地接受栗处长的笑容和感谢。可惜他已经迫不及待地把那些笑容和感谢变现了，仿佛把捡来的钱包还给主人，然后又向对方索要了一份酬金。他在心里反复申明，这并不是自己想去做的。也许捡到钱包的人已经饿了很久，需要像个人一样吃上顿饱饭呢？

他从来也不确定，自己在栗处长眼中是个什么样的人。两年前接到调令来雍城报到时，他借机又去找了一次栗处长。光是打听门牌号就费了半天周折。那天晚上，他走在营区昏暗的路灯下，一直担心信息有误而敲错了门。还好，出现在门口的正是栗处长本人。他穿着短袖体能训练服和拖鞋，手里拿着一副花镜，很疑惑地看着古玉。

那是他和栗处长最后一次单独见面。他很拘谨地坐在栗处长斜对面的沙发上，双手放在膝头。他记得栗处长指指面前茶几上的水果让他吃，他当然不能吃。他向栗处长表示衷心感谢，感谢他费心把自己从肋巴滩调到了雍城，栗处长却靠在沙发上盯着电视，半天没有回应。古玉挖空心思准备的开场白很快就用完了，而栗处长看上去仍未打算开口，于是两人之间显露出大片的沉默，仿佛空旷而寂寥的戈壁滩。

阿姨怎么样？他硬着头皮找话，身体恢复得挺好吧？

栗处长好像"嗯"了一声，但混杂在电视声里，古玉听不真切。栗处长始终盯着电视，那里有两个专家在讨论特朗普，好像他们和特朗普很熟似的。

古玉知道自己该走了。他起身从挎包里掏出一个小纸袋,轻轻放在了茶几沿上。事后回想起来,这个举动带来的悔恨可与当初让刘宝平去了警卫连有一比。为了这个破玩意儿,他在商场的珠宝柜台折腾了好半天,最终被扣除了百分之十的"手续费"才得以退货,白白损失了小一万块钱。

合适的干部可以调过来,不合适的干部也可以退回去。他记得栗处长说的每一个字,东西拿走,你也回去吧。

呼吸变得困难。套近乎远没他想象中容易。他很想给栗处长解释一下,这不过是聊表谢意,但栗处长看上去并不这么认为。他一定以为古玉不仅想要一次性优惠,还想享受长期的会员折扣。栗处长当然不可能这么说,这是古玉自己想的,说明他真的这么想过。从医院手术室外的交谈开始,栗处长可能就已经开始烦他了。那次短暂的会见中,沙发上的栗处长连动都没动。他的目光从花镜上方斜射过来,仿佛一只老虎,看得古玉心中一凛。

我说话你没听见吗?回忆的最后一幕是一只被重重摔在茶几上的电视遥控器,年纪轻轻搞这种名堂,你不觉得丢人吗?

古玉揿灭手里的烟。他的脸可能比烟头还烫。不能再想下去了,否则他会失掉最后的勇气。他从马桶盖上站起来,听着喧哗声由远及近。他心跳加速,而腿又开始痒了。副营。落编。丢人。肝癌。转业。美好。户口。旅馆。请求。地铁。混蛋。钢珠。感谢。尊严。叉车。再见。他用力晃晃脑袋,他需要确定自己到底要对栗处长说些什么。

人声渐息,走廊里传来几记关门声。古玉再次确认迷彩服的领章、胸标和臂章佩戴无误,扯了扯衣襟走出厕所。走廊里空无一人,工作组的人应该都准备休息了,下午两点半他们还要去空防工程处检查。他站在栗处长门前,调动出所有的勇气开始敲门。他设想着栗处长的脸色,应该不会好看。不过作为一个有涵养的领导干部,他应该也不会立刻把自己轰走。就算是神色冰冷古玉也完全理解。阿拉丁神灯的故事已经讲完了,他当然不能厚着脸皮要求再来一段渔夫和金鱼的故事。

8

去市区的班车上,古玉睡着了一会儿。接到刘宝平的短信到现在,四十八小时里他基本没怎么睡。现在好了。他感觉轻松,几乎有些愉快。这愉快有一部分是栗处长带来的,虽然他中午敲开招待所房门时,穿着白色背心正准备休息的栗处长显得有些惊讶。

要是工作上的事,你可以说一说。栗处长坐在窗边的椅子上,如果是个人的事情,最好还是通过组织解决为好,明白我意思吧?

栗处长当然不可能猜到古玉要说什么,这让古玉有一丝得意。如果不是刘宝平的短信,就连古玉都不会把栗处长和吕老师联系起来。刘宝平的想法如此离奇又危险,宛如一颗深水炸弹,在黑暗沉寂的海底炸出一团橘色的火光,令古玉无法继续潜藏。他在栗处长几步开外立正站好,有些结巴地说了一分钟,要么五分钟,直到栗处长的目光从天花板落到他的脸上。

好了,我知道了。按说这个事你也不应该来找我。栗处长语气淡淡地,不过人命关天,我就帮你问一问看吧。

见栗处长拿起手机,古玉准备回避,栗处长却摆摆手让他不要走。栗处长显然和对方很熟,听上去应该是战友或者同学。这不意外。意外的是他敬完礼转身走到门口时,栗处长又把他叫住了。

有些话我一直没给你说过,既然你今天来了,说说也无妨。栗处长顿了顿,你从肋巴滩交流到雍城的事,有一部分是我母亲的原因,不过这不是主要的。最主要的,是我看到你简历里有个二等功,这让我还有些意外。从这个事情上讲,你其实是个优秀的干部。栗处长盯着他,优秀这东西,不是谁赏给你的,也不是你拿钱换来的,所以我希望你……希望你继续优秀下去。

出门时,古玉似乎看到了栗处长微笑了一下。一颗小行星紧掠过地球,草木依旧葱茏。

给马处长请了假,又从宿舍换了便装出来,正好在楼梯口碰上了齐胖子。你知道李部长今天为啥没批咱们仓库不?不知道。我给你讲吧,他当副师长的时候,那几个单位都刁难过他,只有咱们仓库对他不错,懂了吧?古玉笑笑,侧过身子下了楼。他不想知道那么多,那跟他没什么关系。

在上班吗?上了地铁,古玉给冯诗柔发信。

对啊,怎么了?

没事,随便问问。

你那个老师看病的事咋样了?还会来我们医院吗?

不来了。看来冯诗柔对这事真很上心。不过现在古玉可以放心地和她开开玩笑了,你们医院不是住不进去吗?他们去别处看了。

好的。冯诗柔说,我们医院就这点不好,人太多。

用不着告诉冯诗柔,她知道了反而尴尬。古玉要做的只是去医院找到张主任,然后和冯诗柔共度这个夜晚。下周一出发押运,至少半个月不会再见到她了。

栗处长打了招呼,一切都很顺利。院办张主任是个忙碌而严肃的瘦子,直到听古玉说到肋巴滩,才突然变得热情起来。我在肋巴滩待了十六年!跟你们栗处长是一个车皮拉过去的兵,都在机务大队,他搞特设我搞机械。张主任说,后来他到师里政治部当干事,军区空军调他他还不太想去呢,说舍不得那儿的羊肉,哈哈!

古玉还是头一次听说栗处长居然也是肋巴滩出去的。这感觉很奇怪。仿佛他怀揣着一个秘密要去告诉别人,而别人早已心知肚明。张主任一连问了古玉好几个人,只可惜年代过于久远,古玉只认识他说的一个老飞行员。

那家伙人不错。我当机械师的时候,每回上飞机他都给我们发"阿诗玛"哩。张主任打完电话,又撕下一张便笺给古玉写了两个电话号码,栗建中搞得也太夸张了,谁给他说要等三个月的?我问了肝胆外科,没那么紧张,等个一周十天的也就住进来了。

张主任的说法和冯诗柔不同,这没什么奇怪。张主任说话肯定比冯诗柔好使。再说等的时间越短,插队的感觉就会越小。无论如何,吕老师明天就可以住进来,然后手术,然后化疗,然后就好了。他仍然可以戴他的围巾弹他的钢琴,身边的半老徐娘还可以继续存在,唯独酒可能不能再喝了。酒。他白喝了吕老师那么多的酒,还搭着吕少芬做的菜和拉条子,按说他应该陪着吕老师来医院办手续才对,可他怕吕老师见了自己会气血攻心,没准会强撑病体,用弹惯了钢琴的手再给自己一个耳光。耳光击打的是身体,而受损的是灵魂。一个耳光的当量不亚于一万句辱骂和斥责。他清楚这一点。两年前那个戈壁夏夜,他拉着黑色的行李箱悄悄出了营门。他专门买了最晚一班的过路车,因为他不想让任何人知道。去水青火车站的路上,他和熟悉的黑车司机聊得不错,直到看见刘宝平从车站门口的台阶上跑下来迎接他。

古玉至今搞不明白,刘宝平是从哪里打听到的车次。他没告诉任何人,包括对他一向不错的陈科长都以为他第二天才走。刘宝平说是他猜的,可古玉不认为他有这么聪明。最大的可能就是他问过了当晚送自己去车站的司机。问题是常年跑水青县城到肋巴滩一线的黑车司机有十一二个,刘宝平真的会逐个打电话去问吗?也许会。这种事只有刘宝平才能干得出来。

刘宝平抢过他的箱子走上高高的台阶。想提就提吧,古玉自己无法改变他在刘宝平心目中的崇高地位,哪怕他从来也没给过刘宝平一点儿好脸色。他虚幻的崇高完全建立在刘宝平可笑的愚蠢之上,他不相信刘宝平不明白这一点。行了,你赶紧回吧。那咋行,我还得把你送上车呢!古玉不想再见到刘宝平了,没谁愿意面对戳穿了自己谎言的人,可刘宝平却赖着不肯走。他从迷彩服口袋里掏出个小盒子递过来,说那是他专门送给古玉的 Zippo 火机。

别给我,我不要。别啊连长!我买的时候叫店家在上面刻了你名字呢,不信你看。刘宝平手忙脚乱地想要证明,火机却从盒子里掉出来,滑到了椅子底下。他赶紧弯腰去捡,就是这一刻,古玉猛地看见吕老师正冲他走过来。他穿着件浅色牛仔衬衣,围着条很薄的黑色围巾冲他走过来。自己该怎么称呼他?刚认识他时,古玉叫他吕老师,后来又叫他吕叔叔，如果没有遇到栗处长，他可能已经改口叫爸了。还没想好怎么称呼，他脸上已经挨了一记重重的耳光。吕老师的预算应该是一串耳光，只不过刚刚完成了一个，就被刘宝平紧紧抱住了。他使劲挣扎着，可河马一样壮实的刘宝平已经当了几年的警卫班长和连队的捕俘拳教员，如果被他抱住，就连获得过摔跤比赛名次的蒙古族牧民都没办法把他甩脱。

放开。古玉轻声命令着，他不想在空荡的候车室发出回声。

再打你怎么办？刘宝平看一眼古玉，又看看老头，吕老师，有话好好说啊，你怎么能打人呢？

你为什么要干这事？我就想知道你为啥要干这事？吕老师不理睬刘宝平，他只是瞪着古玉，两只发红的眼睛突然涌出泪来，我们哪里对不起你了吗？

这一定是人生中最为难堪的时刻。古玉垂下了眼帘。他无力与吕老师对视。他只是想离开。他想把自己从戈壁滩上拔出来，所以不得不扯断那些同别人缠绕在一起的根须。他想要对既定的目标发起空袭，就不可避免地造成附带伤害。他并不想这样，可除了这样，谁还有什么更好的办法吗？

你跑来干啥呀爸！谁叫你跑来的？一阵急促的脚步声，吕少芬不知从哪里冒了出来。她带着哭腔跑过来抱住父亲，这是我的事，你跟着我干啥呀！

几个面容疲倦的旅人远远地看着他们，一个婴儿响亮地啼哭起来。候车室天花板上起码有一百根荧光灯管，他们为什么把这里弄得这么亮？他不知道接下来该怎么做才是正确的。大概怎么做都不可能正确。他只能怔怔地看着吕少芬拉扯着父亲走向候车室门口，继而消失在无尽的暗夜之中。

连长，吕老师这事办得不好，再咋说也不能动手……刘宝平凑过来，却被古玉揪住了脖子。像当年那样，刘宝平还是一动不动，像一只被揪住了后颈的猫。唯一的区别是，古玉头一回感觉到了刘宝平的强壮和分量。

你告诉他们的，是不是？

我……吕少芬问我你啥时走，我觉得不说也不好，后来吕老师也问我……连长，我不是那个意思……

古玉松开手，提起箱子走向检票口。刘宝平追上来要帮他提箱子，被他一把推开了。连长，我错了，我没想到吕老师会动手，我就是想着你和吕少芬好过那么长时间，她送你一下也没啥。连长，你把箱子给我呀，以后我想给你提也没机会了……

你他妈给我滚远点！古玉狠狠地瞪着刘宝平，你以为你是个什么东西？你以为我他妈最烦的是谁？就是你！你他妈不知道吗？

古玉走开了。进站前，他看见玻璃门上映出刘宝平的影子。他低着脑袋戳在那儿，活像一个混凝土墩子。那时他恨透了刘宝平，现在他忽然又不那么恨了。他更像个不知轻重的小孩子，见抽屉就拉见门就推，他从不管那里面会藏着些什么。那么还是告诉他吧。打电话当然说得最清楚，可他一时间拿不准该以什么样的口吻对刘宝平说话。他一直认为刘宝平是怕他的，此时自己却像是怕起了刘宝平。这是不对的，怎么能有这种感觉？刘宝平不是他带出来的兵吗？

古玉站在医院行政楼前，摸出手机犹豫了好半天，然后给刘宝平发了一个很长的短信，包括所有的联系人、电话号码、住院流程和一句对吕老师的祝福。他不可能像在肋巴滩的机场上那样，一眼望到祁连山顶的雪。他只能站在被无数建筑立面切碎了的城市天空下，琢磨、掂量、纠结着，怀揣散沙般细碎又卑微的心思。

古玉重新穿过门诊部大厅准备离开。从认识冯诗柔到同她结婚，他从未来过这里。眼前这巨大喧嚣如同春运高铁站的门诊大厅令他震惊。这是雍城背景音乐的一部分。古玉在人流中绕来绕去，即将走出这嘈杂之地时，他随意地抬头扫了一眼，不由自主地停下了步子。

疼痛科。

绿地白字的牌子，古玉在冯诗柔的朋友圈里见到过。他一直以为这是一栋独立的建筑，搞了半天只是环绕大厅天井的一层回廊。他仰头看了一会儿，迟疑着上了扶梯。一排诊室都关着门，古玉不知道冯诗柔在哪一间。每间诊室门口的屏幕上都显示着医生和患者的姓名，他从头走到尾，却没看到冯诗柔的名字。看来她还太年轻，不仅没办法搞定住院的事，连在屏幕上显示姓名的资格也还没有。古玉转身往回走，忽然看到楼道拐角处的墙上贴着一张医护人员值班表。他摸出手机，想把冯诗柔的名字拍下来发给她，那一定很好玩。奇怪的是，古玉盯着那张表格上上下下仔细找了几遍，都没找到冯诗柔的名字。

你好。他喊住迎面走来的一位中年女医生，请问冯诗柔在吗？

谁？她满腹狐疑地打量着古玉。

冯、诗、柔。古玉又认真地重复一遍，她是你们这儿的医生。

冯诗柔？她嘴里嘀咕一下，你弄错了吧，我们这儿没这个人。是不是其他科室的?

这儿不是疼痛科吗?

是啊。这点我应该还不会弄错,这科成立我就在这儿。她笑笑,指指白大褂上的胸牌,上面印着她的照片和姓名,我可以很肯定地告诉你,我们这儿没你说的这个人,要说起来,我们这儿从来也没有过一个姓冯的。

古玉站在原地发了会儿呆,才想起给冯诗柔打电话。和平时一样,她直接挂掉了。她为什么这么讨厌接电话?

老公有事吗?冯诗柔很快发来微信,我在上班呢。

我就在你上班的地方。古玉在巨大的嘈杂声中打着字,没找到你啊。

别逗了,我正忙着呢。她回个笑脸,今天病人特别多。

肯定是哪儿搞错了。疼痛科。多么怪异的名称。古玉冲着走廊拍了张照片发出去。这地方他一点儿也不熟悉,冯诗柔应该能告诉他到底是怎么回事。

我刚才没说清楚,我今天不在单位上班,一下午都跟着专家在医大附院这边出诊呢。冯诗柔的电话立刻回了过来,这似乎是她头一次主动给古玉打电话,你怎么跑到医院来了,你到底在干吗?

我顺路过来的。古玉笑,刚才我问了个医生,人家说不认识你。

谁让你来的?我不是给你说了,你来的时候告诉我吗?冯诗柔不知是怎么了,发动机试车般的尖厉嗓音刺得古玉鼓膜生疼,我现在不在医院!你别瞎跑了,赶紧回去!听见没有?

问题是我已经来了。古玉突然觉得整个世界都晃动起来,你这是咋了?你到底在哪儿?

9

在一号洞库仔细核对完将要押运走的十二发 15 号弹,古玉没坐电瓶车,而是沿着幽深的坑道往外走。航空爆破弹重而航空杀伤弹轻。航空穿甲弹细而航空燃烧弹粗。航空照明弹带吊伞而航空照相弹不带。梯恩梯的机械感度很小,就算朝着它开枪也不会爆炸。黑索金一点不黑,它其实是种白色的结晶物。

对身边码垛的弹药古玉已经非常熟悉,而人却依然陌生。从洞库出来,刺目的阳光让他眼前发黑。他索性坐在了洞口旁的草坡上，面朝太阳闭上眼睛。他应该回办公室的，但这时候他不想见到任何人。昨天傍晚离开家，他在大街上游荡了很久，后来右腿酸胀得厉害，就坐在路边的长凳上，一直坐到街上再也看不到行人才打车回了仓库。整个晚上，冯诗柔给他发了很多条微信，还打了十几个电话，但他没回也没接。他不知道说什么。就像早上马处长问他为什么没在家多待会儿，他也不知怎么回答。

回来了也好，正好把这个给你。马处长把手里的几页传真纸递过来，我从我同学那里要来的一些高原行车的经验材料，他在拉萨和日喀则都待过，对西藏那边的情况特别熟。你好好看看，马处长带着一丝笑意，这可是押运秘籍，应该能有点帮助。

不用了处长。古玉犹豫一下，我用不上。

有备无患嘛，怎么叫用不上？马处长愣一下，人家出去旅游还做做攻略呢，这是仓库第一次押运火工品去西藏，你又是带队干部，更得准备充分些。

我去不了了。

为啥？

我不想去了。

这话怎么讲？马处长把手收了回去，意外地看着古玉。他可能想从面前的这张还算年轻的脸上发现点儿什么，为什么不想去了？

不为啥，就是觉得没意思。

没意思？什么有意思？

没什么有意思的，什么都没意思。

所以你就不去了？

是。

因为你心情不好，所以就打算撂挑子不干了？马处长的腮帮子微微发抖，我知道你这几天状态不对，但这好像还构不成你不去押运的理由吧？

我状态挺好的。古玉呆了呆，就是不想去了。

现在要是让你上前线打仗去，你也打算说你不想去了，是这话吗？

我没那么说。古玉低声嘟哝着，那不是一回事。

这就是一回事！马处长猛地把手里的材料拍在桌上，震得古玉一激灵。他眼看着马处长的一张关公脸很快红得要滴血，不想去了，你说得轻巧！你凭什么不想去？你有什么资格给我说这种话？就你古玉有情绪？别人没有？我马书南没有吗？你加班我也加班，你熬夜我也熬夜，我比你舒服吗？我副团马上满十年，原来人家说我是保障部最年轻的副团，现在呢？现在是最老的——算了，不扯这个。没错，我明年三月就该转业了，那我现在是不是就可以去对领导说我不干了，能吗？不能，因为我说不出口！因为我还有我的原则，我还有我的尊严！尊严，懂吗？我不知道你遇上了啥事，我也不想问你，但是不管遇上什么事，我都不能允许你给我拿出这副半死不活的样子！不允许！什么叫疾风知劲草，一点风就把你吹倒了？以前的你是这个样子吗？你档案里的二等功是怎么来的，你自己不记得了吗？

  古玉完全呆了。他从来没见过如此咆哮的马处长。他印象中的马处长永远和颜悦色温文尔雅。两年前来仓库报到那天，马处长什么也没问，只是让他起草一份从严治军教育提纲。古玉熬了一个晚上，第二天一早把十页纸的提纲送到了马处长桌前。他不知道马处长看了没有，因为马处长压根就没再提过这事。这说明只有两种可能：要么很好，要么很烂。不过古玉不担心。部队机关搞材料，一级就是一级的水平。离开肋巴滩时，古玉是航空兵旅司令部军训科的副营职参谋，而综合仓库只是个团级单位。一个作战旅机关拿出来的材料多少要比一个后勤团级机关高一截,就像雍城的人总比水青的人见多识广。事实也是如此,虽然马处长没给出任何评价,但业务处乃至整个仓库的大材料从此就归了古玉。从这点上说,马处长是赏识古玉的,虽然他从来没有明确表示过,就像他从来没有如此狂怒过。

我为什么要推荐你去负责这次押运?我不看别的,我就看你古玉经历比别人全面,干工作比别人卖力,出去能把这个任务完成好!当然了,我也有私心,我想把你留下,所以我得给你压担子,我得让别人看到你古玉是可以的!我想尽量给仓库留几个像样的干部,一个单位没几个踏实干活的人,那就彻底完了!刚才的怒吼像是把马处长累坏了,他的声音低沉下来,我给你一天时间考虑,想清楚了再来找我。我希望你去,但如果你坚持不去,我不勉强你。听明白了吗?

古玉点点头,看着马处长离开。马处长失态了,终于流露出了自己的失意。自己也失态过,死死揪住刘宝平的脖领要揍他。常宁宁也失态过,酒后抱着古玉哭过一回。吕老师也失态过,给了古玉那么结实的一记耳光。冯诗柔也失态了,昨晚她冲着古玉用力哭喊,用掉了好多张纸巾。也许每个人一生中至少都会失态一次,仿佛一扇沉厚的铁门突然开启又迅速关闭，露出门内一瞬间的隐秘光景。

　　古玉摸出手机瞅一眼，冯诗柔今天没有更新朋友圈，也没再给他发微信。她可能也意识到，虚构不是件容易的事。他想起第一次和冯诗柔约在星巴克见面时，她话不多，显得有些拘谨，直到她站起来去拍陈列架上那些新来的杯子。这是新款的呢，好漂亮呀。她说，然后把它发在了朋友圈里。第二次见面时，古玉是带着那只杯子去的。那天他有些兴奋，因为别人从来没给他介绍过一个容貌尚可并且有着一份体面工作的姑娘。他太需要一个合适的结婚对象了，而冯诗柔看上去是最合适的一个。在他们相处的短暂时光里，她最常讲的是医院里的事情。一个危重病人如何化险为夷，手术结束后少了一块纱布，号贩子和快递小哥打起来了，某种进口的针剂一支就几千块……这些事情她总是讲得异常具体，充满了带着消毒剂味儿的细节。

　　这很荒谬。他只不过是一个小小的上尉，每月拿着在雍城面前不值一提的工资，就算全花在冯诗柔身上，那也不是什么值得欺骗的数目。相反，他从她那儿得到了很多满足，不论欲望还是虚荣。他失掉的原来并不是他理应得到的。所以昨天晚上，他和冯诗柔沉默相对时，居然找不出什么事情来责难她。他唯一想知道的只是她为什么要这么做，可她却不肯给古玉一个直接的回答。

不为什么。她始终坚持着，因为我喜欢你。

这不是真的。古玉知道他没那么大魅力。他可能是冯诗柔秘密计划的一部分，正如冯诗柔也是他秘密计划的一部分。他们理应心照不宣。在肋巴滩时，他曾做过那么多计划和方案，现在想来，没有哪一次是完美的。着陆的飞机撞上鸽群，打地靶时突起沙尘遮掩了十字靶标，拉羊粪的车在戈壁滩迷路，手榴弹在身边爆炸……离开肋巴滩那个晚上，古玉也精心计划过。他特意买了最晚的过路车以避开别人，最终还是遇上了早已等在那里的刘宝平。

古玉不太能够辨别此刻涌动着的到底是痛苦还是难堪，也许兼而有之。如果最开始他就知道，冯诗柔其实只是肿瘤医院旁边那家民办医院的护士，那么他还会继续同她交往吗？她从来没念过医科大学。她和古玉同住的那套两居室公寓也是租来的。她从前说过，她的名字是当老师的父亲起的。现在古玉对此表示怀疑。虽然身份证显示，她真的姓冯名诗柔，一个字都不错。

那么她还是不是她呢？古玉想。冯诗柔的头发垂落下来，遮住了半张脸。她的模样和两天前毫无二致。只是当她红肿着双眼坐在古玉对面的沙发上一言不发时，他也惶惑了。他只觉得每个人都如此深奥，令他费解。

不知在橘色的光晕中停留了多久，古玉睁开眼，拍拍屁股向山下走去。拐过六号库房，远远地看见常宁宁正快步走过来，估计是走得有点急，脸颊红扑扑的。

你干吗呢？打电话你为啥不接？看见古玉，她立刻气急败坏地喊起来，你到底在干吗！

我在洞库清点导弹啊，洞库不让带手机你不知道啊？古玉看着常宁宁的发梢被汗水粘在了额头上，怎么了？

没怎么……没事了。常宁宁长舒一口气，无力地靠在库房迷彩色的外墙上，你早上跟马处长怎么回事？我从来没见他发那么大火。

我知道了。你是怕我想不开去引爆弹药库吧？

滚你的！常宁宁瞪着他，你去引爆啊！

我逗你呢。古玉笑笑，早上我是有点失控，不过现在好了。

哟！常宁宁也笑起来，你这么冷静的人也会失控？

自己冷静吗？古玉想了想，很多时候是的。两年前局势最紧张的时候，肋巴滩要出一个任务分队去西藏。动用飞机数量。航弹种类和基数。空转安排。地转安排。轮战方案是古玉做的，他也把自己写进了前指人员名单。他考虑得很周详，连参谋长都这么说。唯独没想到的是方案上午刚批下来，干部科下午就通知他去雍城的调令到了。他忘不掉那无比纠结的一天。我知道你想去，对吧？我也觉得你应该去。当兵不就为的这一天吗？陈科长满怀期待地看着古玉，想去咱们就请干部科帮你协调，特殊情况嘛，晚几个月去报到应该没问题，你说呢？

古玉不说。他没法和陈科长对视。他飞快地评估了一下成本和风险，然后拒绝了。虽然吃力，他还是拒绝了。他怕夜长梦多。万一因为参加了任务分队弄得调令作废了呢？他承担不起这个后果。现在他才发现，后果永远是存在的，就像行进的落脚处，避开了这里，就得踩到那里。

忽然想起个事。古玉说，我在肋巴滩的时候，有一回要在营门口栽个牌子，参谋长说要写"哨兵神圣不可侵犯"，我说应该写"哨位神圣不可侵犯"。参谋长说其他单位都是这么写的，我说其他单位都没过脑子。这下把参谋长惹火了，他说就你他妈的聪明？你给我说写哨兵哪里不对了？我说神圣应该形容事物啊，像神圣的战争、神圣的领空什么的。哨兵就是一个兵,他能神圣炊事员为啥不能神圣?站长政委神圣不?你办公室门上是不是也要写个"参谋长神圣不可侵犯"?差点儿没把他噎死。

你这就是抬杠。常宁宁翻他一眼,那最后呢,按谁的写了?

那还用说,当然是参谋长的。古玉笑起来,谁官儿大谁说了算嘛。

所以你还是会去押运的,对吧?

应该会吧。古玉重新闭上眼睛,让自己回到橘色的光晕中,我会做我应该做的一切事情。

10

夜色不动。高原不动。109 国道不动。抛锚的车不动。古玉也一动不动。只有心脏在疯狂跳动,像个被快速拍击的皮球,咚咚咚咚咚咚,他能清楚地听到这声响。古玉想转移一下注意力,手机却不听使唤,屏幕上的图标浮动着,指头总也点不住。他自己也不听使唤,背包带勒住的脑袋一跳一跳地疼,感觉血管马上就要爆裂了。他张大嘴巴呼吸着,又不敢张得太大,不然心从嘴里跳出去怎么办?鞋上全是中午在大西滩推车时粘的泥巴，难道要把粘满了污垢的心脏从脚底下捡起来重新吞下去吗？

　　一天下来，他们其实并没走出多远。眼下离沱沱河兵站少说还有七八十公里。早上在格尔木刮过的胡子，此刻已经长出老长。气压减小，胡子就会长得快？这个可以研究一下。出发时带的红景天胶囊马上吃光了，没觉得有什么用。车打不着，用不了暖风，他把所有能穿的衣服都穿上，依然觉得冷。这是废话。能打着，他就不用待在这里了。打不着，他就得待在这里。没别的办法，带队干部是他，他不能把一车的15号弹扔在野地里，也不能让保管队那两个兵替他待在这里。

　　他一动不动地靠在车门边。路上已经见不着车了。雨不知道什么时候开始下的，透过布满雨水的车窗看出去，此时的夜色如同肋巴滩一样深沉，不像在雍城暗红色的夜空下，他总能看到自己那层浅薄的影子。说起来，古玉一直觉得自己是喜欢黑暗的。接任警卫连长后，他干的第一件事就是把营门夜间的灯给关了。从前的营门并非如此，从前的营门一到夜晚便灯火通明，卫兵的眼睛和刺刀在灯光下闪闪发亮。没人觉得这有什么不对，所以参谋长晚上散步，远远看到营门黑着还以为灯坏了，打电话让古玉赶紧找机营股来修，当知道是古玉故意把灯熄了，还把他训了一通。古玉很认真地向参谋长指出了其中的差别。执勤卫兵必须背着步枪藏身于夜幕，直到有人跨过那条写着"警戒线"字样的白线时——他是这么要求的——卫兵才会突然把营门顶上的大灯打开，让对方瞬间暴露在刺眼的灯光下。他告诉参谋长，灯火管制是一种安全策略。灯光辐射能量，会让卫兵误以为温暖和安全。唯有黑暗，才能让他们绷紧神经瞪大眼睛警觉起来。

出发前那个周日他也是这么想的。肿瘤医院住院部安静而明亮，而他恨不得去把电闸拉了。他在漫长的走廊里寻找病房，每个拐弯处都会先停下来，像个贼似的把头探过墙角观望。但他终究是要走出来的，他必须闯过护士站前的那片开阔地，才能到达吕老师的病房。

你干什么？一个年轻的护士严肃地看着他，探视时间结束了。

古玉尴尬地停了下来。你找谁？他几乎都要转身离开了，护士却又放了他一马。

十九床在那边，你动作快点儿啊！

古玉站在门外，隔着玻璃看着病床上的吕老师。老头躺在白色被单里，露出一张苍白的脸，看上去像是死了，好在古玉确信他还活着,没准还能活挺长时间。吕老师不会知道他曾经来过,他只是需要让自己知道他曾经来过。

呼吸越来越困难。古玉裹紧大衣,把车窗摇开一条缝,稀薄又冷冽的空气灌进来,他打了个哆嗦。便携的小氧气罐只剩下两个,人却有三人,他不能再吸了。头疼得几乎要裂开,眼前闪现出不明不白的眩光。马处长给的资料上说得很对,夜间的高反确实比白天更大。古玉想再把头上的背包带勒紧些,可使不出一点力气。这是要死了吗?他感觉自己撑不到两个去求援的兵回来了。以今天路上的平均行驶速度,他俩搭乘的便车即使顺利到达沱沱河兵站,找到修理工再马上返回,起码也得四五个钟头。那时候自己一定已经死了吧?

他瘫倒在座椅上,躺下应该会好些。正挪着身子,突然觉得腰下硌着个东西。伸手一摸,噢,枪。一支老牌的五四式手枪。上军校新训时用的就是这个,肋巴滩警卫连也用这个,现在还是这个。他其实挺喜欢五四式,很趁手。相比之下,空勤用的七七式就显得太小了些。棕色的牛皮枪套上插着一只弹夹,里面有五发子弹。古玉退出空弹夹,在黑暗中把装有实弹的弹夹塞进手枪。咔嗒,好了。然后呢?在肋巴滩的时候,他们会射击固定靶和移动靶。不过现在没有靶子,有的只是他自己。刚开始学习轻武器射击时,总有人不理解什么叫"有意瞄准无意击发"。报告连长,我老想着无意呢,那这是不是又算有意了啊?刘宝平这么问过他,不过后来他总算明白了。当然,手枪训练最基本的要求不是这一条,而是"枪口不得对人"。古玉打了那么多子弹,还从来没把枪口对准过谁呢。对着那小小的、圆圆的、刻着精细膛线、黑洞般看不到尽头的枪口会是什么感觉?他好像从来没想过这个问题。

古玉举起手枪,在车窗透进的微光中端详着枪身优美的剪影。他盯了它一会儿,用拇指张开击锤,又把手慢慢移开,直到枪口碰到了太阳穴,那里的血管正跳得厉害。古玉把枪口紧紧压在太阳穴上,但似乎还不足以压制住那弹跳的血管。他僵了几秒,试着把笔直地紧贴在扳机护圈外的食指移进护圈,可就在轻触到扳机的那一瞬,他像被电击了一般,猛地坐了起来。

天哪!他飞快地关上保险退掉弹夹拉动套筒,枪膛里那颗子弹掉在了坐垫上。他赶紧捡起来压进弹夹,又神经质地把弹夹内所有的子弹退出来数了几遍。一、二、三、四、五。没错,是五发。五发够了,送他出发时马处长这么说过,就是那么个意思。他这才把子弹重新压回去,给手枪换上空弹夹,然后把这沉甸甸的家伙装回枪套,再一把塞进工具箱,"叭"地扣上盖子。他浑身紧绷地坐在那儿,只觉得从脚跟到后颈一阵阵发麻,身上酸痛的感觉反倒消失了。

这时候,手机屏幕突然亮了起来。

给你看个东西。常宁宁发来一个视频,你肯定感兴趣。

古玉不知道她说的是什么。信号很差,视频始终在缓冲。但不管怎么说,刚才那一波接一波的后怕开始平息。昏昏沉沉不知道坐了多久,古玉再点一下视频,居然可以打开了。古玉认出那是保障部机关礼堂,他曾在那儿开过几次会。镜头从主席台顶上一条"先进事迹报告会"的横幅移下来,又拉大,主席台侧面的发言席上,一个穿着军装,斜挂着红色绶带的士官正站在那儿发言。起初古玉没认出这是什么人,因为他戴着军帽,脸上似乎有一块一块像是没洗净的东西。看了差不多一分钟,他才陡地明白过来。

刘宝平。这是刘宝平。怎么可能是刘宝平呢?他长得不是这样的。在水青火车站送他时,刘宝平还像只河马一样敦实,现在却瘦多了。常宁宁拍的视频声音不很清楚,得仔细听才能听出里面说的是什么。

……我特别想感谢的,是我的老连长古玉。当初在新兵连训练时,我因为过于紧张而把手榴弹投到了脚下。是我的老连长奋不顾身地扑上来,用自己的血肉之躯为我挡住了弹片。我毫发未损,他却被炸伤,整条裤腿浸透了鲜血,直到现在,他身上还留着没能取出的弹片。我的老连长是我最崇敬的人,是他用实际行动给我树立了崇高的榜样,教会我怎样去做一个合格的军人。所以在看到战机起火迫降时,我脑海中第一个闪现出的就是老连长当时的身影……

身影。刘宝平居然也会用这个词?不用看都知道是宣传科的赵二宝给写的,肋巴滩的人都知道,赵二宝最大的本事就是添油加醋,然后去骗报纸的稿费。还有刘宝平,他说得太他妈逗了。谁他妈的想去替他挡什么弹片?

可古玉却忍不住看了一遍又一遍,直到屏幕变得完全模糊起来。他推开车门爬下去。雨不知是什么时候停的,天空洗净了,头顶一片汪洋星海,弥漫着雾一般的星云。他眨巴几下眼睛,星空变得清晰起来。这里的星河和肋巴滩的一样宽广灿烂。在肋巴滩那些年,古玉就喜欢坐在操场边上的混凝土墩子上看星星。时间久了,墩子上露出的钢筋都被他的屁股磨得发亮。那阵子刘宝平常会跑来和他一起看,古玉叫他滚开他总也不滚。他坐在几步开外的另一个混凝土墩子上,学着古玉的样子,仰着脑袋看天。

连长,古玉忽地又想起刘宝平曾问过他的问题,你说天上这么多亮闪闪的星星,为啥夜还是黑的呢?

这就不错了,你他妈还想怎样?古玉可能是这么说的,他对刘宝平从来都是这副口气。也可能他什么都没说,就那么沉默着,因为直到今天,他依然没想好该怎么回答。